雪候鸟

苏沧桑 著

那水那巷那情

苏沧桑散文精选集

华中科技大学出版社
http://press.hust.edu.cn
中国·武汉

图书在版编目(CIP)数据

那水那巷那情/苏沧桑著.—武汉：华中科技大学出版社，2023.6
ISBN 978-7-5680-9340-8

Ⅰ.①那… Ⅱ.①苏… Ⅲ.①散文集—中国—当代 Ⅳ.①I267

中国国家版本馆CIP数据核字（2023）第054178号

那水那巷那情
Nashui Naxiang Naqing

苏沧桑 著

策划编辑：娄志敏　杨　帆	
责任编辑：章　红	
封面设计：三形三色	
责任监印：朱　玢	
出版发行：华中科技大学出版社（中国·武汉）	电话：（027）81321913
武汉市东湖新技术开发区华工科技园	邮编：430223
印　　刷：湖北新华印务有限公司	
开　　本：880mm×1230mm　1/32	
印　　张：8.25	
字　　数：152千字	
版　　次：2023年6月第1版第1次印刷	
定　　价：39.80元	

本书若有印装质量问题，请向出版社营销中心调换
全国免费服务热线：400-6679-118　　竭诚为您服务
版权所有　侵权必究

　　我问树：树，我想和你一样，和所有的植物一样，不离开土地，不张扬，不索取，不争夺，一生都保持植物般的优雅，可以吗？我只要一点阳光，一点泥土，静静站着，简单活着，可以吗？

一个人，拥有了如此富有而瑰丽的精神世界，便拥有了整个天堂。

这个人无意兜售自己，却愿意展览一颗赤诚的心。就像一朵云变成一滴雨的执着，哪怕仅仅只有一颗尘土被它荡涤，只有一棵草为它感动，只有一朵花为它开放，只有一条河流记住它的名字。

时光往往会安排一个一闪而过的时机,让你表达你的感恩,让你把感恩付诸行动,比如无关信仰地供奉上一枝白莲花,在心里对天地万物父母师友说一声谢谢。

　　"七里人已非，千年水空绿"，人生路上，人们不断相遇，又不断分离，甚至永远失散，但如同一江水里的水，气场相似、心灵相契的人们其实一直在一起，沿着同一个方向奔向大海。

我仿佛已经看见,漫山遍野的桃花,像粉色的瀑布正在往山上倒流,像一整个春天在时光里倒流,流得很慢,像日出日落那么慢,像行云流水那么慢,像如今人类唯一还保持着亘古不变节奏的心跳和呼吸。

世界安宁，我们才能听得见亲人们的耳语。母亲的耳语是一个涟漪，传给了千万里之外的我，从耳蜗传到心脏，传向四肢，传到脚底，传给车轮，通过车胎与地面的摩擦，传给了我脚下这片古老的土地，并得到了它的回应。

目录 Contents

第一辑 | 那水那巷那情

水乡人静静摇他们的船，静静养他们的蚕，静静过他们与世无争的日子，脸上溢着一种幸福与满足。莫非是这土这水巷赋予他们这宁静如一的禀性，永远不会老去？

- 002 —— 时光的气味
- 007 —— 等一碗乡愁
- 013 —— 那水那巷那情
- 016 —— 水下六米的凝望
- 022 —— 苍穹驿站
- 028 —— 今夜我在千岛湖想你
- 033 —— 天堂
- 036 —— 知章村三叠
- 043 —— 向荒野（一）
- 053 —— 向荒野（二）

第二辑 | 水知道，树知道

> 我问树：树，我想和你一样，和所有的植物一样，不离开土地，不张扬，不索取，不争夺，一生都保持植物般的优雅，可以吗？我只要一点阳光，一点泥土，静静站着，简单活着，可以吗？

064 — 水知道

072 — 抵达

076 — 春分

078 — 猎鱼

082 — 水边

088 — 树知道

091 — 遇见树

096 — 淡竹

100 — 鱼眼

104 — 地气

108 — 与雾同行

第三辑 | 人世间有一束光

会有一个孩子,吃下这棵麦子上的果实,果实转换成他的血肉和骨骼,然后,他也慢慢长大,成熟,成家,立业,生子……于是,大地繁盛,生命生生不息。

112 — 水在滴

118 — 酿泉

129 — 蚕花记

138 — 有一张纸

143 — 有一束光

149 — 珍珠梅瓶

152 — 一双手经过的

159 — 送行

第四辑 | 一个人的漫漫行旅

我仿佛已经看见，漫山遍野的桃花，像粉色的瀑布正在往山上倒流，像一整个春天在时光里倒流，流得很慢，像日出日落那么慢，像行云流水那么慢，像如今人类唯一还保持着亘古不变节奏的心跳和呼吸。

168 — 唐诗来过

175 — 古村心跳

183 — 夏履之履

189 — 古道密码

197 — 敦煌痛

203 — 渭水遇

210 — 廊上耳语

217 — 把油灯点亮

223 — 龙游过

231 — 李庄意象

237 — 山中初雪

245 — 日出泽雅

第一辑 那水那巷那情

水乡人静静摇他们的船,静静养他们的蚕,静静过他们与世无争的日子,脸上溢着一种幸福与满足。莫非是这土这水巷赋予他们这宁静如一的禀性,永远不会老去?

时光的气味

　　时光有时是一种气味，循着它，一路闻过去，会闻到某一年让你印象最深刻的某一秒。

　　惊心动魄的那一秒，带着桂花的气味。当时，我们在老家玉环楚门的桂花树下摆了张桌子，父亲母亲、姑姑小舅妈小姨妈，还有抽空回来看他们的我，一起喝茶聊天。离母亲七十三岁的生日和重阳节还有三四天。

　　那一秒，桂花树漏下了一缕很亮的阳光，照在母亲左脸颊花白的鬓发间。突然，一颗铜钱大的黑痣映入眼帘！我感到心脏停跳了一秒后，"咚咚咚"失了节奏。

　　我说，妈！这颗痣什么时候有的？我怎么从来没看到过？！

　　四周静了下来，只有我的声音飘忽着，听起来有点远。

　　母亲说，没事没事，以前有的。

　　怎么这么大？这么黑？去医院看过吗？

没有，不用，有点破了，我用孢子粉涂了，过两天就好了。

姑姑她们说，前些天也注意到了，都问过了，母亲说没事的。她们劝我说，你娘说没事，那就没事！放心！你娘有数的。

深夜，我百度了一下"黑痣"，恐惧像洪水浸漫了我。我不相信，难道充溢着桂花香的那一秒，那么美好的一秒，是母亲和我们的分水岭？是我苦乐人生的分界线？我没有任何思想准备，我无法想象没有母亲的家、没有母亲的人生，尽管我快到知天命的年龄。

手机相册里，绽放着母亲一个个笑脸——2月某日，我回来了，母亲和我在自家小院里喝着自做的咖啡。7月某日，我又回来了，海鲜面、鱼圆汤、糯米饭、杏仁露、食饼筒……甜蜜的乡愁，葱茏的幸福。7月某日，母亲给我装了满满一箱家乡菜带回杭州。8月某日，姐姐带父母去欧洲玩，父亲背着母亲姐姐和侄女的三个包，蹲着马步给她们拍照，母亲像个少女一样，在埃菲尔铁塔下跳起来。

我一幅幅翻看着，心里一直有个声音说，不不不，不会的！

那几日，我照常和父母说笑，出去采风，晒照片和视频给他们看。父亲说，拍照没意思，多拍点视频，将来留着看看。我说对对对，拍视频，鼻子却酸了起来。这句平常的话，我都听不得了。实在忍不住了，问父亲要不要强拉着母亲去医院检查？父亲说，我们都这把岁数了，哪怕真是那什么，也没关系啦，高寿啦。

父亲，我从小最敬畏却最懂我的父亲，早已看穿了我独自沉在谷底的心。他伸出手，把我捞了上来。

时光在几天后的另一秒，变成了红薯粉圆子的味道。我下楼来，母亲手里正做着圆子，她歪了歪头，侧过脸给我看，说，你看，掉了！

一个淡褐色的疤痕，替代了那颗烙在我心里的黑痣！

她说，昨晚洗澡脱衣服不小心扯了一下，扯掉了。我说没事的吧？大概是孢子粉涂多了，看上去那么黑。

她似乎从来都没把这事放在心上，她亦没有看出我这几天的恐惧煎熬，因此，她都没想到昨晚就该告诉我的。

那一秒，我在心里跪下了……感谢老天让我仍拥有完好无损的母亲，让我继续有力气直面并不总是完好无损的人生。感谢老天给了父母那么大的心眼，把一场惊险看得那么云淡风轻。然而，他们是真的心眼大，还是装作心眼大，只为宽慰在他们眼里永远孩子般的女儿？这世间有多少父母，在病痛煎熬中天天盼着儿女回来，却口是心非地说，我们都好都好，忙你们的。这世间有多少儿女像我一样，说忙于生计，其实也忙于名利？

接下来的日子，过节似的，姑姑姨妈舅妈和我同学邻居轮番来玩，每天将笑声填满了整个院子，这势必也让母亲更辛苦忙碌。到了我回杭的日子，我说，你们终于可以好好休息了，太累了。

母亲说，有什么累的，多开心，巴不得天天这么累！

父亲说，你走了，她们也都忙，不会天天来的，家里就冷清了。

想起前几日在洋屿岛遇见两位留守海岛的老人家，儿女都在城里过得很好，他们俩自己种花生芝麻和蔬菜，过着世外桃源般的生活。母亲常说，我看我们中国大陆的老人最享福了，你看国外，还有香港，那么多那么大年纪的人都还在当服务员、门卫什么的。

确实如此，可是，我们的老人不孤独吗？不生病吗？最近几年，越来越多的老家亲戚来杭州看病、治病，当我在医院见到他们时，总会惊讶，很久不见的亲戚们，仿佛从儿时看到的样子直接变成了老人。女儿早已叫我"老妈"，越来越多的年轻人叫我"苏老师"。而一回到父母身边，他们当我孩子般宠溺，这种错觉，让我误以为父母还年轻，我们还有很多时间在一起。

老家的海泥涂下，有很多弹涂鱼的窝，封闭的小洞布满了鱼卵。为了那些小生命，弹涂鱼吞下空气，再吐到洞里，日夜重复，直到鱼苗游出小洞，开始它们的一生。而那时，它已老了，筋疲力尽，很容易就被钓走，成为餐桌上的美食。天下一代代父母，如同弹涂鱼，为孩子鞠躬尽瘁死而后已，儿女却一不小心忘了，父母将老。

时光里飘回来一缕白莲花的气味，那是2015年春天某日清晨某一秒的味道，在泰国清迈，我与一场化缘不期而遇。四季酒店来自世界各地的员工，大多是年轻人，排着队，为赤足走过的僧人们捧上他们的供奉：莲花、苹果、香蕉、米团，他们的眼神和手势，写满虔诚，整个过程无比安静。各种肤色的他们，并不都是教徒，却以同一种方式，通过僧人传达着对天地神灵的感恩。忽然，一个姑娘递过一枝散发着清香的白莲花，微笑着示意我。我本能地后退一步，微笑着摇摇手婉拒了。

后来，那一秒，一直刻在我心里很久。时光往往会安排一个一闪而过的时机，让你表达你的感恩，让你把感恩付诸行动，比如无关信仰地供奉上一枝白莲花，在心里对天地万物父母师友说一声谢谢，比如一场虚惊让我在心里暗暗许诺，从此每年重阳节都回老家陪陪父母。而在无涯的时光中，这个姿势，或者仪式，常被我们忽略、轻慢。有时，时光以某种方式警醒你，比如母亲的黑痣，比如白莲花，比如病房里沉重的一声叹息……但时光更多时候是无声无息、无色无味的，过去后，便来不及了。

此刻，时光的味道是杭城今冬的第一场雪。去年曾错过一场雪和老友的花雕酒约，今年不要再误了吧。还想去看看年迈的小学老师，还想跟母亲学做红薯粉圆子……都不要忘了吧。

等一碗乡愁

电话里母亲的声音,随海风一起吹拂耳朵时,我正在等一碗面,一碗海鲜面。

这是立秋过后的东海边,清晨的普陀山,海风开始变得苍凉,像电话那头侧耳倾听着的父亲的白发。

街边很小的面店,是一座刚睡醒的森林,进进出出的人们,是晨间雀跃的百鸟,在木质桌椅板凳的林间觅食。热气腾腾的鲜香,仿佛穿越森林的光芒,笼罩着一位老人一碗面,或是一对夫妻一个孩子两碗面,或是一对情侣分食着一碗面,或是一个孤独的中年男子,也在等一碗面。人们的一天,从喜欢的一碗热汤面开始,一个日子的起头,多么舒坦。

母亲问:"是和老家一样的海鲜面吗?"

"呵呵,还没吃到呢。"我说。

海鲜面的味道,就是故乡的味道。

远古时候，中国东南方的大陆一直延伸到汪洋大海，消失不见，又在蔚蓝色的不远处突然冒出来喘了一口气，于是，大海上漂浮起一个叫"玉环"的岛屿——我的故乡。

千百年来，海岛人过得像鱼一样恬然自得。我一直固执地相信，不同性格的家族，与不同的动物有着神秘的渊源，比如有的家族像狮，有的像龙，有的像狐狸，有的像狼……而玉环人的祖先一定是传说中的鱼人，我们的头发、眼睛、嘴唇、四肢，我们的大脑，无不焕发着海水的坚韧、柔美、灵动。夜深人静时，我们蓝紫色的血液汩汩作响，如静夜深林里的小溪。阳光明媚时，我们骨子里飞舞着的每一个细胞，都朝着快乐自由的方向。我们种田、讨海，在城市人愈来愈陌生的春分、谷雨、冬至、月半、霜降、填仓的古老节日里，在历经艰险满载而归的鱼舱里，虔诚祈祷，吟诗作画，开怀畅饮……

我们依从心灵的声音休养生息，无忧无虑，相亲相爱。

在我尚未出生的无数个黄昏，年轻的祖父挑着两个空箩筐，守在漩门湾，等待渔船载回活蹦乱跳的小海鲜，装满他的箩筐，再挑回十里之外楚门镇小南门的家里。祖母和众多孩子们早已备好几个小一点的箩筐，在天井里一字排开。祖父坐在梨花木椅上，点起烟斗，像司令一样指挥着妻儿们将鱼虾蟹分类，又按大小分类。最后，他站起来，顺手从箩筐里捡出几只肥胖的青蟹、发亮的水潺鱼、火红的红绿头虾，孩子们便欢呼起来——这是劳动的奖赏——夜宵——海鲜面。汤无比的鲜、烫，海鲜无比的爽口，面无比的细软，小葱无比的香，嘴里和胃里，无比的熨帖。

天未亮，祖父祖母便将大小箩筐挑到菜市场，贩给卖菜的，也有自己零星着卖的。一家老小的生计，都在一担一担的小海鲜里。有时，天气不好，连刮几天台风，祖父便会空手而归。海鲜面没了，一家的生计也愁苦起来。奇怪的是，那些愁苦总很容易被忘记，记住的，总是快乐、满足。

闻着海的味道，吃着海鲜面，一茬茬人老去，一茬茬人长大，一茬茬人离开故乡，比如我。有一次，在香港维多利亚港坐船，忽然闻到一阵香味，那是老家久违的海鲜煮年糕，和记忆里的一模一样——鲜香里透着年糕微微有点发酸的味道。海浪晃得我胃发酸，眼睛发酸，心也发酸。海浪里浮现出儿时一家人围坐在一起吃面的场景，母亲总是最后一个坐下来吃，一坐下，就把自己碗里的蛏子、虾什么的都夹给我们姐弟几个，一家人，便你让我我让你，多么温馨。海风吹过，香味倏然消失，我下意识地踮起脚尖用鼻子去寻，如同思乡的人顺着月光去攀缘故乡的月亮，如何够得着？

离乡二十多年，让我吃出海鲜面里别样味道的，是婆婆。公公婆婆就如同现在的我，大学时代起就离开家乡玉环，辗转西安、东北、成都读书和工作。退休前，他们毅然放弃成都舒适的生活回到玉环岛，如两片执着的叶子，被思乡的风带回了根。因此，他们也许比我父母更懂得我的故乡情结。

婆婆是个做菜高手，从她那里，我深切体会到菜是要靠爱来做才更美味。尽管婆婆做的菜是我吃过的最好吃的菜,但我更爱海鲜面。自从发现我是个"面桶",每次回到家乡,婆婆总会在做了一大桌子菜后,特意再为我烧一碗海鲜面,我说不用,她仍然会做。有一次,她做了一碗面,只有青菜,没有海鲜,一碗面看上去有点凄凉。我有点伤感,不是因为没有海鲜,是因为,婆婆最近老说她老了,不会做菜了,也爱忘事了。我还发现,公公下象棋时,捏着棋子的手微微颤抖,迟迟不落子,看不出是在思考还是在发呆,我的父母,还有曾经和祖父祖母们分海鲜的叔伯姑姑们,头发也都更白、更少了……祖辈们早已故去,与父辈们永别的日子越来越近的慌乱,瞬间烫着了我。岁月怎么只有昨天和今天,中间那些日子呢,怎么这么快就都过去了?多少年后,当乡音未改鬓毛衰的我回到故里,他们在哪里?还有谁再为我烧一碗海鲜面?

突然,婆婆伸过一双筷子,在我的碗里翻搅起来,连说,忘了忘了,鱼和虾先盛出来的,都在面下面藏着呢,哈哈。

心里含着泪,我吃光了面,喝了很多汤,喝下了爱的味道,也喝下了难以消化的离愁。

后来。

后来,在离故乡三百六十公里的杭州,不会做菜的我,偏执狂似的"制造"着各种家乡的味道。

我用母亲酿的黄酒,做家乡的红糖酒蒸糯米。起锅了,糯米饭散发着琥珀般诱人的色泽,浓香四溢,撒上一层红糖,用勺子舀着吃，香糯无比，据说孩子吃了很补身子的。我跟来自千岛湖的阿姨说，你也吃，趁热吃。阿姨说，我不吃，这是你们老家的吃法，我不喜欢的，你多吃点。是啊，你的最爱，对于他乡人，也许难以下咽。

我用鲳鱼烧绿豆面年糕，请朋友们一起吃，他们一开始特别担心会腥气得不得了，后来却吃得不亦乐乎，看不出我心里的失落：鲳鱼、年糕、雪菜都是老家带来的，可是，水，火，调料，葱姜蒜，都不是，一碗年糕，无论如何烧不出老家的味道。母亲说，别说杭州了，就是咱家院子里的井水，买来的海鲜，店里的面，都不是从前的了，污染过了，似乎冰过了，不知是不是做过假了，总之，海鲜面，再也烧不出从前的味道了。

我不管。我仍然固执地每天吃一碗面；我请母亲、婶婶、姑姑教我做海鳗鱼圆、番薯粉圆；我在城市人愈来愈陌生的春分、谷雨、七夕、月半、冬至、霜降、填仓等古老节日里，吃老家过节必吃的食饼，饮酒，祈祷，庆祝，或祭奠……我偏执，不是真的要回去，像祖先一样讨海种田为生，而是在人生无数个"回不去"里，死守着一个慰藉，试图浇灭那团越烧越旺的乡愁。

2013年七夕中午，梦见一场太阳雨。梦里，我站在屋子中央，婆婆坐在一张旧沙发上，屋外雨声如鼓，却有阳光从天窗照进来。我仰望着窗，看见一根根银亮的雨穿透玻璃，和金色的阳光一起洒在我身上。我跟婆婆说，杭州很久没下雨了，这雨真好啊，也是你从老家带过来的吗？

醒来时，昏暗的室内仿佛有暮色正浓雾般涌过来，将一个人的心情慢慢染成黯淡。我想起，此刻，所有的亲人都离我很远，在国外，在境外，在远方。小时候大人们说，牛郎织女一年只能相会一次，如今，银河不算宽，鹊桥随时架，而父母与孩子，兄弟与姐妹，挚友与挚友，游子与故乡，你与一碗家乡的面，一年能相会几次？

想念一碗面，想念依从心灵的声音休养生息，想念曾经很容易的团圆，很简单的满足。

那水那巷那情

从雾中,迷迷蒙蒙向我迎来的,真的是梦里寻它千百度的江南水巷吗?

水巷在江南的乌镇,在水乡柔情的怀中,船过高桥,悠悠然拾级而上,展眼便是一幅淡雅的水墨画——"苕溪清远秀溪长,带水盈盈汇野圹。两岸一桥相隔住,乌程对过是桐乡。"

水是清清的苕溪水,又名车溪,为乌镇的市河,从南至北纵贯市区,使整个市区河道如网,水街相依。关于它的由来,有一段古老的传说:从前有一姓乌的将军,为讨伐逆臣,力战而死,化为一株银杏,而他的战马则化为一条青龙潜于乌镇河底,以它的鲜血养育了这方土地。

满街不见那株古老的银杏,车溪水却似乎有一种灵性。初秋的晨雾中,河水闪耀着温柔的波光,浮萍点点,仿佛一群恬静的少女,正掀开层层薄雾浓纱在无声地歌唱。然后,便有小船的

"咿呀"声，或是船上马达的"突突"声，伴随着早起谋生的船夫船娘们长长的吆喝，车溪水霎时热闹了起来。

沿水而立的，便是那亭亭的水阁了。水乡人的家多是一半在土上一半在水里，因而也就有了依水而建的水阁和这一衣带水、连接成片的水巷了。水乡的街道大多建在河塘边，水乡人的房子则面街背水，房子较窄的，就在河面上架起阁楼。传说从前的车溪河边，有一豆腐店，只有一间门面，开间又小，一副石磨子和一只浸黄豆的七石缸一摆，店里就好似螺蛳壳里做道场，身子都转不过来了。倒是豆腐倌的女儿聪明，对父亲说：前面是街，左右是店堂，只有往后边河面上挪了。于是他们就在后门，往河面上接伸出几根木头，架起了一个水上阁楼，房子立刻宽敞了许多，这也就是水乡第一个水阁了。消息流过车溪水，一传十，十传百，河面上的水阁也渐渐多了起来。水阁或方方正正，或高檐翘角，静静倒映水中，仪态万方、玲珑剔透，自有一番韵味儿。人们便在层层叠叠的水阁间隔水相望，洗衣淘米、道东家说西家，或是干脆依水依船地做些小买卖。自然也有以船代步的，便有了这北方胡同般的水巷了。无论是小吃摊、茶馆，还是棉花铺子、米店、杂货店，均是应有尽有。坐在靠水的茶馆的长板凳上，咬一口姑嫂饼，呷一口粗叶茶，那一份浓浓的香甜和淡淡的乡土气息常常使人流连忘返。

而水巷是不能没有桥的，听水乡人说，乌镇的桥可是"木艻艻"地多，数也数不过来，最高最热闹的当然得数"高桥"了。

青青石板桥，烙着岁月的印痕，流传着许许多多相似或不相似的故事，而今成了水巷的中心。每到集市，水乡人便乘了舱船，或摇了乌篷船，成群结伴从四方赶来，高桥便成了名副其实的闹市区。人们在高桥下做着各种买卖，闲来便吃几口茶，抽几袋烟，拉几句家常。孩子们呢，则在人群中穿梭嬉闹，任水巷传递着他们童稚的笑声。到了黄昏，水巷也早早地安静下来，只有几句吴侬软语轻轻地在夜风里，在平静的车溪水上荡漾……

想象自己曾是水巷的女儿，生于水乡长于水乡，梳两根乌油乌油的大辫子，穿一身白玉兰衣裙，摇一条小小木船，赶去参加水乡人"起于朝花，尽于端午"的盛大的庙会——香市，只为看一眼城里来的那个戏班子里美丽的花旦，然后在姑姑嫂嫂"咯咯"的笑声里，手捧一束檀香许一个虔诚的心愿，再到土地庙前的水潭边，汰一汰"蚕花手"，心满意足地想：这样啊，我家的蚕宝宝就无病无灾了，我们就可以过个好年了……

水乡人静静摇他们的船，静静养他们的蚕，静静过他们与世无争的日子，脸上溢着一种幸福与满足。莫非是这土这水巷赋予他们这宁静如一的禀性，永远不会老去？

乌篷船"咿咿呀呀"摇走了我遥远的遐思。回首，水乡的水，水乡的巷，水乡的一切在眼里重新模糊，如一首纯朴的田园诗，只留给我一个淡淡的影子。

水下六米的凝望

　　一只飞鸟俯瞰南中国，看见一条江从杭州穿城而过，江的北面有一个湖，是它熟悉的西湖，江的南岸也有一个湖，是它从未去过的湘湖。它想了想，飞向了那片陌生的水域，轻轻落在水中央一棵清瘦的柳树上，看见了湖中自己同样清瘦的倒影。

　　这是一月的湘湖，讲述着完全不同于其他地方、其他季节的故事。一月，是一年里最深沉的月份，大地上的一切已经结束，一切尚未开始。这个被雨雾笼罩的上午，万籁寂静，骨骼清奇，飞鸟的身影落在湖里，没有惊起一丝涟漪，脚尖落在柳枝上，没有惊动其他任何一只鸟。

　　一切仿佛睡着了。睡意蒙眬中，它听见不远处传来一阵水声，然后传来船夫的一句话："这么个下雨天，雾又大，老人家还是回家待着好。"

　　老人家，是我年近耄耋的父母，从老家来看我和弟弟。他们常来杭州,已经把西湖看厌了。我想起仅一桥之隔却从未去过的湘湖,便带他们来了。

船窗前的父亲,久久凝视着上午十点冬天的湘湖,没有侧过脸来,只听得见他的声音:"我见过的景色里,最像水墨画的,甚至比水墨画更美的,就是这里了。"

母亲说,是啊。

我也说,是啊。

是真的。

一月的湘湖,就是父亲小时候教过我的那种留白很多的写意山水和花鸟画。花格船窗将天地框进一个天然的画框,雨雾如磨墨般,将天、地、水、物磨成了浓墨、淡墨,或更淡的墨,比烟还淡。浓的,是一座拱桥,一段堤坝,一群飞鸟或一群栖息的鸟;淡的,是远处一片枯干的芦苇,三两棵垂柳,或一座亭子的倒影;白的,是天空,水,雾。寥寥的几点黑,大片的浅灰和白,在船静静的前行里,泼洒,勾勒。极静,极美。

一切都显得那么清瘦、紧致,透着内里的某种节制。

我用手机记下了几幅画。第一幅是一大片白雾迷蒙的水域,右边一棵无叶的垂柳,栖息着很多一动不动的水鸟,如被岁月催眠的一棵树上结满了永远不会掉落的果实。树的确是睡着了,明年春天才会醒来,鸟暂时睡着了,它们醒来时,会像一盏盏灯亮起来,照亮着树,继续哄着它睡。雾和雨,也达成某种默契,为它们盖上了薄被,于是,一月的湘湖的上午十点,像深夜般静谧。

第二幅，是从船头的玻璃窗往外看。雨滴在玻璃上，晕染出迷离的前景，雨滴里，一座拱桥越来越近，桥上两个打伞的人也越行越近，然后交错，然后又渐渐分开。两个陌生人，在另一个陌生人的镜头里的一滴雨中相遇，又分离。我不知道他们是除我们之外仅有的两个游人，还是园区的工作人员。他们也不知道，桥下缓缓驶来的画舫里，只坐了三个游人，一对年近耄耋的父母，一个年近半百的女儿。船穿过桥洞，我们彼此也越行越远。他们亦不知道，自己交错的身影会被一个陌生人永远留在镜头里，留在记忆深处。

第三幅画的格调，有大漠孤烟的味道。主角离我很远，是十几棵静立水中的水杉，在如镜的湖里，每一棵树的倒影仍然是笔直的，且是独立的，整个画面干净到苍凉。然而，我看到了水下的秘密：它们看似互不相干，但它们的根在水里相握相缠，不动声色，不分开，像一些美好的感情。

每一个细节，都是一幅画，无数个细节构成的湘湖，美得让我们三个人哑口无言。

我将镜头转向父母时，他们像醒了似的转过脸来，发出了一致的感慨。父亲说，萧山离杭州这么近，居然有这么美的地方，我们以前怎么不知道呢？

他说的，也是我想说的。

还有一句话我想了想，没有说出来。父母和我，都去过世界上不少地方，却很少有什么地方，是我们仨一起去的。我也带他们一起去过几个地方,但没有哪一片美景哪一个时刻像今天这样,没有预谋,没有喧闹,没有他人,没有五颜六色,也无关文化,只有我们仨,只属于我们仨。

即使让我任意想象一个属于我们仨的最美的梦,也不会比此时此刻更美吧?

四个月后,当我和一群文友又一次来到湘湖,我发现,初夏的湘湖,讲述着与一月完全不同的故事。

一月清瘦的湘湖此刻已显丰满,处处是尚未老去的绿意,明净的湖面在阳光下显得光鲜亮丽。而我的父母,早已回到老家,过了一个春节后,他们又老了一岁。当我聆听着与湘湖有关的历史文化,当我站在湘湖水下六米处与八千年前的独木舟对视,我忽然想起,我和父母来时,并没有真正进入湘湖的深处。我们不知道写《回乡偶书》的贺知章就是这里人,八千年跨湖桥文化遗址就在脚下,我们也不知道,船行走在静静的湖面上时,水下六米处正躺着一艘远古先民留下的独木舟,将古老的浙江文明史又往前推了一千年。

独木舟与我隔着一面玻璃,我的身影与它、与灯光、与周遭的一切叠映在一起,古老先民一个个鲜活的生活场景在屏幕般的玻璃上一一闪现。我困惑八千年前的那根骨针,是用什么工具钻的针眼?半根空心的玉璜,用什么钻的孔?我们最初的祖先,到底来自哪里?但不知为什么,我想得更多的,依然是我的父母,我自己的故乡，我的根。

故乡在海岛玉环，父母留恋家乡的小院和亲朋，偶尔来杭州或者去北京姐姐家小住。我每次回老家，都有一种越来越深的恐惧：他们百年之后，我还会踏进那个再也没有他们的院落吗？"少小离家老大回，乡音无改鬓毛衰。儿童相见不相识，笑问客从何处来。"公元744年，八十六岁的贺知章告老返回故乡越州永兴（今杭州萧山）时，距他中年离乡已有五十多个年头了。这是为什么呢？假如父母在世，他怎么可能不回来？无论何种原因，这些含笑的诗句背后一定是怆然。

叶落归根，根在哪儿？中国的村庄里，如今住着的绝大多数是老人和孩子，多年以后，老人们都不在了，还会有人回去吗？还有几个人会寻根问祖？更多年以后，当我回到老家，还会有儿童"笑问客从何处来"吗？地理上的根都不在了，灵魂深处的根还会在吗？

八千年前的独木舟，静静躺在水下六米，棕黑色的原木已没有亮光。远古的先民，曾经乘着它去过很多地方，把古老的文明带到了比我们的想象更远的地方，比如南太平洋，比如大溪地。这是真的。更让人惊奇的是，2010年夏天，有人从遥远的南太平洋，如他们的祖先一样乘着一艘独木舟，沿着五万年前祖先原始迁移的路线重返本源——中国南方海边，来寻找他们的根。6名船员，有航海家、水手，也有人类学家、动植物学家。独木舟经由阿瓦鲁阿、纽埃、汤加、斐济、瓦努阿图、圣克鲁斯群岛、所罗门群岛、巴布亚新几内亚、印度尼西亚、菲律宾、台湾岛，最终抵达上海。整整1.6万海里的艰苦旅途中，他们上岛添购食物、淡水、水果，也在大海里捕捞、生吃海鱼，最后两天，一点食物都没有了，每人只有一小瓶水维持生命。他们与近十米的惊涛骇浪搏斗，看海豚们在独木舟前方带路，任不知名的海鸟停在胳膊上……最后，他们来到了这里，水下六米深处——这一条独木舟前，他们的"根"之前。

"当他们看到独木舟时，眼睛都放光了，太惊喜了。"博物馆的人说。

真想亲眼看看这些用生命来寻根的人。他们想要寻找的，其实并不仅仅是这一艘独木舟，而是在灵魂深处，每一个人都正在失落却又拼命想要寻回的东西。

从水下六米处出来，我在湖边遇见了一只鸟。它栖息在一块石牌坊上，是雕刻的，有着优美的体态和姿势，翅膀如飘带卷起。它是湘湖先民的图腾。我相信它就是湘湖的灵魂，这一片水域因为一直住着它，才能这么静美。在我长久的凝望中，这只鸟渐渐活了，飞离了我的视线，飞回了湘湖的一月，那个懂得节制与蕴藏的季节。我想，当我凝望着它，它也一直在凝望着我，如同水下六米处的它们和他们，千百年来也一直在默默凝望着我们，用无声的语言警示着每一片离根太远的叶子——独木舟，水稻，骨针，玉璜，以及湘湖本身，以及我们从未谋面的祖先。

苍穹驿站

从莫干山到下渚湖,渡我们的是一片花海。花海静默而盛大,将来自天南海北的五个人渡到了下渚湖岸边。

我对船夫说:"往没有人的地方开,越安静越好。"几双眼睛齐齐望向春水兄拎着的萨克斯琴盒,像望向一个静默而盛大的秘密。

这是戊戌年寒露之后、霜降之前的德清,一条木船载着五个人,渐渐遁入下渚湖的最深处。

白鹭停在墩岛上,感觉午后两点的下渚湖像喝醉了酒——太阳目光迷离,吐露着一串串光与影的呓语。芦花松着筋骨,随风晃荡,船也摊着手脚,任意东西。湖水被船头轻轻划开,它睁开眼看看,瞬间又合上。浮在水上的一个个墩岛也醉了,怕热似的不时将脖子从水里露出来,墩岛上的水杉、银杏、金钱松、鹅掌楸、三尖杉、红豆杉、木姜子、木兰、紫荆、厚朴、楠树是墩岛的长发，湖水将它们的倒影拉得很细很长，烟雨般飘逸。

　　只有白鹭是清醒的。它记得这片被誉为"中国最美湿地"的水域，有六百多个墩岛，一千多条港汊，八百多种动植物，一百六十多种鸟。当白鹭振翅高飞，潜伏在墩岛上的一百六十多种鸟也腾空而起，在天空扎出无数双眼睛，到了夜里，星光漫天，白鹭相信，那是千万只鸟的眼睛。而有月亮的时候，月色如雪，芦花如雪，万物如雪般安静，但白鹭听到了歌声，那是千万只鸟的合鸣。

　　白鹭停在一杆芦苇上，正对着船头，看见那个叫"春水"的中年男人取出了萨克斯，吹出了第一个音，第二个音……

　　像一只金色的鸟，轻轻落入湖面，溅起了一簇簇金光。缠绵悱恻时，它盘旋低回；高亢嘹亮时，它凌空飞跃，在迷宫般的芦苇荡中穿行，寻觅，捕捉。

　　是一支游走的箭，靶心是下渚湖每一个生灵的心。湖水最先中箭，泛起了点点泪光。风接着中箭，停住了脚步。芦花们也纷纷中箭，垂首静立。白鹤、鸳鸯、翠鸟、野鸭、沙鸥、水雉、鸬鹚、红嘴黑水鸡等等，不知道藏在哪里偷听，一声不响。一条鱼跃出水面，不知道是抗议还是鼓掌，又有一条鱼跃出来，说，谁啊谁啊，我看看。鱼从来没有听过萨克斯，下渚湖所有的生灵包括青蛙、泥鳅、螺蛳和虾，都从未听过如此美妙的声音，"深沉而平静，轻柔而忧伤，好像回声中的回声"。

　　船停在下渚湖的某个深处时，船上的人们沉醉在一曲《春风》里丝毫未觉。乘着音乐的翅膀,他们也变成了鸟,翱翔在想象中的下渚湖的春天里。一望无际的湖面上,涌动着亿万朵油菜花,开满油菜花的墩岛,像一个个水上的太阳,蜂蝶在一个个太阳之间振动翅膀,放飞一个个透明的梦境。然后,他们穿过一条水巷,掠过水巷两旁幽深的香樟林,飞上朱鹮岛,用目光抚摸朱鹮稀世的羽毛。他们像朱鹮一样眯着眼,栖息在音符里,像鸟一样栖息在下渚湖的深秋里。

《鸿雁》响起时,有人走上船头,合着音乐翩翩起舞。跳的是刚学的蒙古舞,老记不住动作,自己把自己给乐翻了。其他人一边笑一边用手机拍。春水自顾自吹萨克斯,一曲终了,说了一句:跳得蛮好。

五个人的萨克斯音乐会早有预谋,轻歌曼舞却是一时兴起。"问紫娟,妹妹的诗稿今何在啊?似片片蝴蝶火中化。"这是她们最爱的越剧。"一送里格红军,介支个下了山,秋雨里格绵绵,介支个秋风寒。"这是她们喜欢的老歌。清婉的音韵,像一场不期而遇的丝雨,拂过江南的水面,落入江南时间的深处。

两百多年前,洪昇游览下渚湖时,留下了一首诗:"地裂防风国,天开下渚湖。三山浮水树,千巷划菰芦。埏埴居人业,渔樵隐士图。烟波横小艇,一片月明孤。"他不会想到,两百多年后,五个与他一样爱写字的人,在湖水深处某个最僻静的角落,歌舞笙箫,得大自在,暂别了俗世日常,甚至暂别了文学。一条船和一整个天空一起倒映在湖里,船便仿佛孤悬在浩渺苍穹,如时空之外的一个驿站，欢声笑语从驿站里溢出来，天地笼罩着一种微凉的幸福。

傍晚时分，"滴答—答——滴答—答—"《回家》的前六个音鱼贯而出，跃过船头，贴着水面，穿过层层波光，攀上一大片芦花，轻轻咬住了玫瑰色的夕阳。夕阳一愣，犹豫了一下，似不忍坠落，万物蒙在一层毛茸茸的暮光里，像蒙上了一层雪，霎时，下渚湖仿佛穿越到了冬天，湖水深处某一间竹楼内，一双手正将红泥小火炉、绿蚁新焙酒端上桌，而门外，响起了风雪夜归人的脚步声，沙沙，沙沙。

萨克斯最后一缕余音和烘豆茶的热气，一起消逝在傍晚的下渚湖时，我的眼前浮现了一片闪耀着金色光芒的水稻田。传说，上古时期的治水英雄防风氏带领部落在此开垦荒莽，种植水稻，造福先民，使得吴越一带靠狩猎采集为生的氏族部落慕名而来。他们站在太湖边的一座高山上，问一位老猎人防风氏部落在哪里。老猎人说，那一大片闪耀着金色光芒的水稻田，就是防风氏部落。之后，防风氏毫无保留地向他们传授了治水和种稻经验，福泽万民，下渚湖畔也因此有了"三道茶"遗风："相传防风受禹命治水，劳苦莫名。里人以橙子皮、野芝麻沏茶为其祛湿气并进烘青豆作茶点。防风偶将豆倾入茶汤并食之，尔后神力大增。"（《防风神茶记》）青绿色的烘豆、金色的橘子皮沾着细白的盐粒，滚水一冲，清香四溢，鲜咸可口，不仅是茶，还是饱腹暖心的食物，也是"人有德行，如水至清"的德清的待客之道。

　　上岸时，我回头看她们。彼时，她们四个人都背着光，而我看到的却是一道道金色光芒。这些与我并无半点血缘关系的人，一起在文学路上走了几十年的人，在我烦躁时，困顿时，如防风氏般毫无保留，亦如阳光之于水稻田，一直在。

　　时间来到戊戌年小寒。临安山坳里一个小客栈，天寒地冻，夜深人静，整栋楼只有我和一位师姐，要继续第二天的采访任务。我们将所有的被褥搬到一起，一个靠在床上一个靠在榻上，在同一盏灯下"抱团取暖"。午夜时分，大雨倾盆，将屋顶的瓦片砸得哗啦啦响，我突然有一个感觉——此时，灯光是我们的驿站，我和她是彼此的驿站。

　　驿站，食宿、换马、交换信息、补充能量的地方，八百里加急日夜奔赴的那个点，穷途末路上一个亮灯的窗口。家太远，驿站刚刚好，即使风雪交加，沿途总能找到。家人太亲，驿站刚刚好，不忍与父母言说的苦痛酸辣，都可以留给驿站。可以是一盏灯，一碗酒，一壶茶，一个火炉，一床棉被，一本书，一盘棋，一句话；也可以是文学，是音乐；也可以是散落在德清莫干山的一千家民宿，比如匍匐在竹林中的那一家"后坞生活"，它们栖息全世界的客人，也栖息把美好生活搬进大山的民宿主人自己；也可以是微信朋友圈里仅自己可见的照片和一段话，那是给未来的自己预留的驿站。

老子说，天地不仁，以万物为刍狗。意为天地无私无情，对人对狗对万物都一视同仁。而我觉得天地亦有情有意，使万物互为驿站，人与人就是彼此的驿站。漫漫人生路，并非一条线，而是一个苍穹，每一个方位都是方向，每一步都可能是深渊。一个人就是一颗星，茕茕孑立、踽踽独行。好在无尽的苍穹之中，总有一些星球、星座、星系，让累到极点的你靠一靠，歇一口气，再提一口气，继续前行。而继续前行，就意味着继续失散，于是，留下来的那份记忆，就成为一个驿站。多年以后，同游下渚湖的五个人也终将失散，而湖上的萨克斯声，会是我们永远的驿站。

时间来到戊戌年大寒。我在曙光中独自醒来，看到父亲深夜发在微信群里怀念二伯的一段话。远在云南的二伯，前日猝然离世，是他们兄妹七人中第一个走的。年事已高，路途遥远，生亦难以相见，死亦无法告别，他们从此失联。不知道多年以后，浩渺苍穹中的哪一个点，是他们重逢的驿站。我在晨光里泪流满面时，小猫银河跃上床沿，轻轻吻了吻我的泪，又定定看了我几秒，将头窝进了我的手心。此时，它是我的驿站。

这一天，谢谢下渚湖。这一年，谢谢他们都在。这一生，谢谢你们来过。

今夜我在千岛湖想你

姐姐,今夜我在千岛湖。在千岛湖的这一头,想千岛湖那一头的你。如果湖水愿意,我在这头轻轻叫一声"姐姐",思念会贴着如镜的水面,一直滑进你的梦里。

刚才,你放下电话,十五瓦的灯光照在你六十岁的白发上,失落的眼神掩藏在白发下的阴影里。你笑着跟村里邻居说:她说千岛湖太大了,行程太匆忙了,他们要去的地方,和这里是两个方向,来不了了。

送走邻居,你抬眼望望漆黑一片的湖水尽头,关灯,上楼,躺下,侧脸看见窗外的星星时,你多看了一眼,替我。

而此刻,我正走上酒店房间的阳台,面朝湖水,开始想你。

千岛湖安详如一方古墨、一盘棋局。它和我白天看到的大不相同。阳光下,它像一个女子静立的侧影,无须看清眉眼,便能深深感觉到出奇的静美。属于它的天空、阳光、云朵、湖面,安静如丝绸，如古籍，如月色，却又流动着无比灵动的韵律。而夜里的千岛湖，如一位睿智的老者，似乎已经洞悉阳台上这个来自杭州的女子，和这一方水土有着怎样深的长达二十三年的缘分——自我做母亲起，"千岛湖"便以各种形式抵达我生活全部的细枝末节，在我的生命里延绵不绝。

而这一切，是因为姐姐你。

它先是以你的名字抵达——"初莲"。在杭州笕桥机场荷塘深处的一间平房里，刚刚怀孕的我遇见了跟着丈夫从千岛湖出来打工的你，矮小、清秀的你。你三十八岁，我二十五岁。然后，你成了我女儿的保姆、我无话不谈的姐姐、我家不可或缺的一员，风雨同舟，整整二十三年。

然后，它以更多的地名抵达，威坪，梓桐，南赋，汾口，凤联，中联，窄尔……有的是你娘家，有的是你婆家，有的是亲戚家，有的是嫁出去的妹妹家。回乡的日子里，你的足迹在山路上疾行，在湖面上漂，然后，连同你鞋底的泥，带回杭州的家，有时带进千岛湖的一场雨，一次渔舟晚归，有时是一两个乡音浓重的老乡，有时是听来的一段趣事，一个个关于"锦山秀水、文献名邦"的传说……让远离故土的我，让对乡村一无所知的孩子，闻到了一千座岛屿、一千条"金腰带"、一万朵橘子花的气味，触摸到了淹没在千岛湖底狮城、贺城的神秘古老……

然后，它以四季不同香味的美食浩浩荡荡抵达。茶，来自村里最高那座山的云雾里，品相朴实如姐夫阿仁，喝一口，才知道什么叫"甘甜",多年后我才知道它叫鸠坑茶,是名茶。露水没有香味,云雾也没有,水也没有,你爬山出汗了,你炒茶叶时汗滴进茶叶了,你怀揣着茶辗转五六个小时的长途车、公交车,可是,茶仍是香的。香的,还有你公婆养的、过年时杀的猪肉,配上后山上挖的笋,炖一下午。还有你自家橘园里的甜橘,笋干、溪鱼干、番薯干、蕨菜干、柿饼、银杏果、豆腐、玉米饼、桐叶菜包、豆粽、炒南瓜子、冻米糖……咀嚼着这些来路分明的粮食时,能看到油菜花间的舞草龙、跳竹马,你一家子除夕围坐火塘,能闻到烤土豆的香,能听到热闹的赛猪头和淳安睦剧,老人的咳嗽,留守女儿不舍的嘤嘤啼哭……我们不由分说爱上了千岛湖这个地方,如同爱上你。

它还以一排排细密的针脚抵达。就着我看书的台灯,你用土布给我们全家老小做棉拖鞋,平整的针脚、软和的脚感里,一个千岛湖女儿的勤劳聪慧无处不在。后来,妞爸去境外工作了,妞去外地读书了,只有你一直陪着我,像湖水一样宠溺我,让亲人们得以放心,让我一直远离人间烟火,却又让我一直接着你的地气,关注着、热爱着、书写着和你一样平凡而高贵的人们。

在城里的二十三年,你一直是千岛湖水般纯净的你。而我和城市回报你的,是微薄的佣金,偶尔的体贴,对你子女的一点帮助,你得到的,是半头白发、满脸皱纹,是累弯了的腰,长期的多梦失眠,与亲人的一次次别离,一个又一个老人的逝去,甚至来不及见最后一面。

终于，腰痛和健忘一次次提醒你，再下去怕拖累我们。临走前，你忍着腰痛去菜场买鱼，说："再给你做一顿好吃的吧。"

姐姐，你走的前夜，我偷偷哭了。我从来没叫过你一声姐姐，可是，两个女人的小半辈子，就这么在一起厮守着过了，这是怎样的宿缘？

姐姐，此刻，我在回杭州的路上想你。今天上午，在古村芹川的廊桥上，我好像看见了你，当然不是你。也是矮小的身材，也是枣红的衣裳，脚下一字排开着她要卖的土特产，都是你曾带来过的。我买了一包炒南瓜子，在车上一粒一粒仔细嗑着。你在电话里说，没关系没关系，等我把山上的事忙完，就去看你，给你们带茶叶喝。一百公里的路，大雨滂沱，我的心里也下着雨。此刻我正与你背道而驰，与曾经一起走过的岁月背道而驰，今后，即使再见，彼此生命的轨迹终会越离越远。

姐姐，今后，我还会想你，在钱塘江边你熟悉的家里。钱塘江其实就是千岛湖啊，在最上游，它叫千岛湖或新安江水库，然后，它叫新安江，然后叫富春江，最后就变成了我家门前的钱塘江，滋养着它遇见的每一寸土地和土地上的每一个人，就像你。

姐姐，共饮着一江水，我会想你，想比记忆中更高大的你。如果我是西湖，你则是比西湖大一百零四倍的千岛湖。我想千岛湖，则会想比千岛湖大亿万倍的天空和大地——天空抵达我们，以阳光的方式，以月光、以雨水、以雪花的方式；大地抵达我们，以粮食、以花朵、以美景的方式，像母亲哺育我们，像姐姐呵护我们。而人，可曾以平等的方式抵达你们？回馈你们？

　　姐姐，如果有一天我不想你了，一定是因为羞愧。因此，我不会再把"感恩""珍惜"之类的词挂在嘴上，而是把"平等""善待"这些词放在心里，让它们继续链接我和你的缘分，缝合作为一个人与天地万物之间的关系，修正我伸向这个世界的每一个动作。

　　姐姐，一直忘了问你，就像鱼回到水里，你在老家的稻花香和溪流声里，睡得踏实些了吧？你在梦里，收到我的思念了吗？

天堂

仰望苍穹，常看见一朵云，在阳光下轻轻飘着，美丽高洁、自由自在。

假如，所有的生命都能以这样的形式存在，人间和天堂一定没有什么区别。

二十多年前的星空下，我坐在黑沙滩上，听姨婆给我讲七仙女的故事。

听完后，我问："姨婆，天堂是什么？"

姨婆说："是一个能使我们觉得特别幸福的地方吧。"

我又问："天堂远吗？"

她想了想，说："很近，你就是刚从那儿来到人世的。也很远，很久以后，你还会回去的。"

我懂了，原来生命是一个以天堂为起点和终点的圆圈。在这个漫长的圆圈里，我们永远够不着天堂，也就是说，在我们的有生之年，永远无法体会到天堂的滋味，那种无与伦比的幸福的滋味。

所以，对我们而言，天堂是不存在的。

只好将充满希冀的目光转向滚滚红尘。地上走着的一个凡人，对应着天上的一朵云。人和云一样，最初来自大地和海洋，最后重归大地和海洋。不同的是，云无心，云优哉游哉，人有心，人便被无所不在、永无止境的种种欲望挑逗着，步履匆匆，铿锵坚定，却从不知道自己真正要什么。在漫漫长路上，人与人争斗着，人向自然掠夺着，人跟命运抗争着，人在欲望的沟壑里挣扎着……在画完一个个大大小小的圆圈时，人带着满身的尘垢血腥回首往事，却再也找不到最初的自己，才知快乐总是稍纵即逝，荣华富贵如过眼云烟，心灵的空虚成了最后的、永远的痛。

那么，生有何欢？

于是，在黑夜与白昼的轮回里，我无着无落的目光在苍凉大地和茫茫苍穹间徘徊了很久很久。终于有一天，我孤独的心忽然被一缕圣洁的阳光照得通亮，高高的天际传来一个声音！一个未知之神的召唤！它说——

坚持，再坚持，你一定能保留一个独立的精神世界，一个永不被红尘沾染的角落。

从此，我在心里为它树起了一个神圣的祭坛，在任何时空里，我便可以顺着星光，或者风的衣角，走进一个无比平和安宁的世界——

那一刻，我坐在夜色的深处，空气的怀里，只要一种简简单单的形式——看书，写作，或者冥想，我便成了另一个自己，一个真正的自己。那一刻，仿佛有无数只温柔的眼睛在字里行间注视着我，如无数双天使的羽翼呵护着我。那一刻，我可以自由地往来于远古和未来，可以任爱恨悲欢汹涌而来，可以关注人类命运，也可以只倾情于一片落叶，一只蚂蚁……

当我将所有的感动，所有的真，所有的善，所有的美，用文字编织起来，我发现，那与生俱来、弥足珍贵的一切从未离开过我，那常被人们遗忘却又被人们追寻的一切从未离开过我。

一个人，拥有了如此富有而瑰丽的精神世界，便拥有了整个天堂。

这个人无意兜售自己，却愿意展览一颗赤诚的心。就像一朵云变成一滴雨的执着，哪怕仅仅只有一颗尘土被它荡涤，只有一棵草为它感动，只有一朵花为它开放，只有一条河流记住它的名字。

我无怨无悔，因为我爱我所爱。

知章村三叠

一

从思家桥墩一步步往窄窄的桥面上走时,我低头看见一双穿着皂色布靴的大脚从唐朝穿越而来,一步步踏上了被步履和岁月磨得发亮的石阶。桥墩边低垂的柳枝,轻拂着一位耄耋老人的白发,石阶缝隙间的青草,隔着布靴轻拂着他的脚踝,桥墩下粼粼的波光轻拂着他的泪眼。

"碧玉妆成一树高,万条垂下绿丝绦。不知细叶谁裁出,二月春风似剪刀。"

这是2021年阳春三月,杭州萧山蜀山知章村。假如船桩记得它的前身,定会记得公元744年同样一个阳光明媚的春日,嫩柳如金,细叶如剪,一叶小舟穿过纵横交错的河港,停在了石桥边，船夫将缆绳穿过石孔洞，拴在了它身上。

船舱里走出一位面容憔悴的耄耋老人。扑面而来的是二月春风，还有他魂牵梦萦了半个世纪的故乡，年少往事如河面的波光一一浮现。他颤颤巍巍一步一步挪上石阶，一步一步挪至窄窄的桥面，将手搭在额上，向着他的出生地和生活了三十多年的家园——文笔峰下的贺家园方向望去。

村里人没有注意到这位神秘的老者，不知道他是浙江省的第一位状元，盛唐的当朝重臣和文坛泰斗、蜚声长安的"吴中四士"之首、86岁的贺知章，一场大病后，他抛却荣华富贵辞官回乡，唐玄宗亲自赠诗，皇太子率百官饯行。村里人更不知道他从长安到萧山三千多里的漫漫长路，经历了多少跋涉和艰辛，只有几个孩童好奇地围了上来。

水渠哗哗的流水声，听起来特别欢快，如孩童们在吟唱诗歌，大片黄绿相间的田野，苗木、麦苗、油菜花、豌豆、莴笋和褐色的正待播种的土地，仿佛也在发出欣喜的、蓬勃的朗读声。2021年阳春三月通往知章村贺家园遗址的小路旁，我看到一道道纵横交错的水渠、一座废弃的砖瓦房、一座旧烟囱、一块明代的甲科济美坊，感觉到贺知章来自唐朝的目光，正尽情地吞咽着葱茏绿意，他来自唐朝的耳朵，正沉醉在久违的鸡鸣狗吠声里。

几个孩童从一涧溪流边抬起身子，从柳枝后露出了黑亮的、好奇的眼眸，脸上带笑，尊他为客。

"少小离家老大回，乡音无改鬓毛衰。儿童相见不相识，笑问客从何处来。"

后人已无从考证这位"四明狂客"当时的神情,他的眼里是否又一次涌起浊泪,他在后来的隐居地绍兴镜湖旁写下的这首千古绝唱,朴素冷静的文字里,深藏的百感交集和人生况味,一次次穿越时空,让千百年来无数游子唏嘘沉吟。

二

文笔峰下,小臻和小田领着我,高一脚低一脚走在通往贺家园墙基的水渠坎上。她说,上次他们来拍纪录片《狂客·贺知章》时,正下着大雨,他俩只能双脚跨在水渠两侧一边走一边摔,从遗址出来时,脚上重了好几斤,全是泥泞。

小臻在她制片的这部纪录片里,还原了贺知章这位浙东唐诗之路上最重要的浙江本土诗人的波澜人生,在探寻贺知章在诗歌中蕴藏的文学世界和盛唐气象时,她一次次来到浙东唐诗之路的源起地知章故里,一次次为村里人感动,她没有想到,在这里,知章文化如此深入民心。千百年来,人们将石桥改叫思家桥;将贺家园前的路改叫百步禁界,行人至此,文官须下轿,武官须下马;将他故居前的山峰改叫文笔峰,老老少少人人能吟诵他的代表诗作。首场拍摄时,三十多位村民自愿当群众演员,还自告奋勇冒雨挖出一块湮没在泥土里的旧石碑,请他们辨认、拍摄。一群孩子席地坐在樟树荫下齐声朗诵《回乡偶书》,另一群孩子安安静静端坐着参加儿童硬笔书法比赛,她觉得,一千两百多年的时光未曾改变这里的青山隐隐绿水悠悠,勤学重孝、情系家乡等"知章文化"早已融入百姓们的血脉之中。

此刻,我眼前的贺家园遗址,是一块搭着苗木棚架的空地,草木葳蕤。当年风烛残年的贺知章站在久违的故园里,想必眼前已是满目破败,绿草萋萋。当他跟随儿子隐居绍兴镜湖时,会意识到这是他对故园的最后一眼回望吗?生命的最后时光里,他还写下过《回乡偶书·其二》,满纸都是对世事沧桑的感伤,他意识到自己已然是一片失去了故园的无根之萍吗?

公元744年,贺知章回到故乡不到一年便溘然长逝。

那一年,在长安紫极宫初遇贺知章被他称为"谪仙人"后"金龟换酒"成为忘年交的李白,带着无奈和遗憾离开了曾心心念念的长安。

那一年,33岁的杜甫在洛阳与44岁的李白一见如故,杜甫成了李白的挚友,"三夜频梦君,情亲见君意"等怀忆李白的诗就有十几首,主题就是"李白我想你了,李白我又想你了,李白我又又又想你了"。

两年后,杜甫初至长安,写下了《饮中八仙歌》,"知章骑马似乘船,眼花落井水底眠""李白斗酒诗百篇,长安市上酒家眠。天子呼来不上船,自称臣是酒中仙。"

三年后,李白到越中寻访贺知章才得知他早已作古,怅然写下了《对酒忆贺监二首》,"昔好杯中物,今为松下尘","人亡余故宅，空有荷花生"。

尔后，温庭筠东游吴越，至萧山拜访贺知章故居，留下了"废砌翳薜荔，枯湖无菰蒲"的深深叹息。

尔后，从杭州的西湖、湘湖、知章村至绍兴，自镜湖向南经曹娥江，入剡溪，经沃州、天姥山，最后至天台山石梁飞瀑，一条长约二百公里、方圆两万余平方公里的浙东山水之间，渐渐响起一场盛大的行吟，李白、孟浩然、杜甫、白居易、杜牧等四百多位唐代诗人荟萃驰骋，击节高歌，留下了一千五百多首恢宏壮丽的唐诗，也留下了一条逶迤绝美的浙东唐诗之路，浩浩汤汤，蜿蜒至今。

三

在阵阵梵音里穿过百步禁界走进百步寺时，我看见一位五十岁左右面目清朗的男子，箍着裤脚、撸着袖子，正从一个偏房里抱出一床棉被，放到已经叠了十来床棉被的板车上，后来才知，他不是打杂的，而是百步寺的住持。百步寺是传说中贺知章"庙烛烷读""担母读经"的其中一个寺庙。贺知章年少丧父，信奉佛教的母亲因劳成疾无法行走，他便自制了一副竹箩，一头装着经书，另一头坐着母亲，挑到寺庙里，借着佛堂前的烛光读书，以斋饭充饥。住持来自江苏，慕贺知章名而来，一待就是十七年，原先荒草丛生的小庙成了如今有五个师傅且香火渐旺的寺庙，他说，这都是缘分。

从大殿前看出去，正对着文笔峰。住持说，居士们也是慕名而来，为自己家读书的孩子们祈福，沾点贺知章的仙气，受点文化的熏陶，他们刚回去，这些睡过的棉被我们得抱去洗干净，下次再给他们睡。

门廊下一块看起来年份已久的云板在午后的风里微微晃动。每天清晨和午间，香火师傅会敲击云板，告诉另四个师傅来吃饭了。云板声很轻，像怕惊扰了文笔峰下的静谧和神圣。

离百步寺三公里之远的贺知章小学，一股清新蓬勃如嫩柳叶般的气流在我身边萦绕。多少年了，我没有在乡村看到过这么多孩子。正逢放学时间，成百上千个孩子排着队，溪流般向着校门口流动，溪流般流动的，还有他们突然响起的欢闹声。

我也从未见过如此诗意盎然的校园。从校门口布满青苔的明代上马石前起身往里走，大厅里外，回廊间，楼梯旁，教室内，墙壁、门框，放眼全是古诗，一间特别僻静的教室里，陈列着春风剪纸社的孩子们用剪纸剪出来的贺知章画像和诗书。一位身着汉服的五年级小姑娘站在贺知章文化陈列室里，神情庄严地为我们讲解，她说，学校每一年都会举办"走进唐诗"大型活动，老师带着学生们朗读经典古诗，用歌舞、短剧演绎知章文化典故。一个单元内容讲解结束后，像传递接力棒一样，她把讲解任务交给下一个男孩，男孩又依次交给下一个女孩。

中华优秀传统文化博大精深，它不是一些流于表面的、零碎而肤浅的元素。贺知章留给后人的宝贵遗产，不只是他脍炙人口的诗句。生性旷达豪放、风流潇洒、自称狂客的贺知章，为何能在权力漩涡的中心安稳度过半个世纪，善始善终，万众景仰？从他的人生哲学出发，也许能寻到中华文化最精髓最根本的部分。

车子缓缓驶离学校时，小臻让我听听她手机播放的贺知章小学校歌，我听懂并记住了里面的一句歌词："诗意润泽我们欢乐成长，知书达理，是我翅膀，冲天一起，万里翱翔。"

在天籁般的童声里，我看见一千多年后的1975年，我的父亲母亲率全家坐上一辆大卡车从温州平阳回到故乡玉环定居。1985年，我的公公婆婆从成都举家回归故乡玉环定居。2019年春节前夕，八十三岁的二伯带着对故乡玉环的无尽思念永远留在了云南，北京九十高龄的表伯把玉环的老房子送给了两个表兄弟，说他回不来了。2020年，我提前退职回到故乡玉环，走进娘家小院，奔向耄耋之年的父母。

在天籁般的童声里，我看见万千游子正在奔赴或在梦里奔赴故乡，他们的脉搏和着"知章村"的心跳，齐声吟唱着永远的《回乡偶书》。

向荒野(一)

> 要彻底觉察活着的每一天,深刻感受自己所在的这个世界以及身处其中的自己。
>
> ——巡山员蓝迪日志

一　流沙

穹庐般的苍天,罩着无垠的沙漠,它和我被包裹其中,它是一粒沙,我是俯瞰着它的另一粒"沙"。

风将它带到我眼前,一粒沙一定不知道自己是"浩瀚"这个词的组成部分,这一秒,它落在我眼前,下一秒,它会被风扬起,也许会落在另一座沙丘的最顶端,最接近苍穹的位置,再下一秒,它又会落到何处?这些问题对于它没有意义,就像它的存在对于宇宙没有任何意义。除非它有灵魂。它有灵魂吗?如果一粒沙有灵魂，它无比漫长的一生不会只取决于风的方向。

这是我和它的区别。此时，我不听从风，我在与风对抗。

他们在沙丘顶端喊我爬上去，只有我一个人落在最后。沙丘很高很陡，他们说沙丘后面是更浩大的荒野，有更壮丽的景色。巴丹吉林沙漠和中国其他沙漠地貌不同，沙丘格外陡峭险峻，连骆驼都会畏惧，它们汗津津地、气喘吁吁地在之字形的"路"上攀爬，没有路标，只有风干了的发白的驼粪，还有卧倒后再也站不起来的一堆堆白骨。我猫着腰努力攀爬，但爬一步退一步，一站起来就被劲风刮倒，跌坐在沙丘的腰部。我盯着那粒"随风逐流"的沙，纠结了大概十秒钟，听见风刮过来我苏氏老本家的那句话"此间有甚么歇不得处"，于是我干脆将身子歪倒，甩脱鞋子，将脚埋进沙里。吸饱了正午阳光的沙们以干燥的温暖迅速裹住我酸疼的脚踝，我感受到一股来自宇宙深处的能量直抵心窝。

风在我耳边发出雷鸣般连绵不断的巨响，广袤的天地只有蓝和黄两种颜色，极其单调，极其干净，极其宁静，可我知道，这看似静默的世界并非我想象的那样毫无生机。

沙丘下有一汪和蓝天一样蓝的湖水，风推动着一轮一轮波浪，循环往复，时针一样轮回。

一群骆驼如一群蚂蚁在地平线上蜿蜒，几个牧民像更小的蚂蚁跟随其后。

诗人恩克哈达曾看见，沙窝里有兔子或是什么动物的粪蛋，一只小黑虫正匍匐着爬向驼队灰色的帐篷，身后留下一道细纹。

小海子里有鱼儿在游戏，蜃霭中的芦苇头在水声中凝固，几颗野果在孤独生长，沉默无语。

阳光为每一粒沙裹上金色，风为每一粒沙制造辉煌的眩晕。沙漠，每时每刻向苍天供奉着巨幅流沙画，千千万万条世间最流畅最美的S形金色线条，比流水更美，比流云更美。亿万粒渺小的、没有生命的个体组成的博大和灵动，却向天地展现了一种生命哲学：摊开手脚，目空一切，无忧无惧，任意东西。假如有永恒的物质，沙尘算一种吧？它已粉身碎骨，死无可死，它们不与风对抗，不与世间一切抵抗，不与命运对抗，它们在天地间呈现出来的姿态，像一种死心塌地的、极致的爱情。

在遥远的地方，一些沙会成为摩天大楼的一部分，直抵天空，受着人们的仰望，一些沙会成为沙尘暴，受着人们的嫌恶，怨恨它占据了土地导致了饥饿和贫穷，有一些雪白的沙或黑色的沙，会成为沙滩的一部分，接受着人们脚底的亲吻，而我眼前的沙，守着永恒的博大和安宁。人类的爱与恨，与它何干？一粒沙，不会告诉你它去过多少地方，藏着多少秘密。一粒沙，不会告诉你它有一千岁还是一万岁。一粒沙看着我时，像一位亘古老人看着一个婴幼儿，一个会转瞬即逝的生命，因此，它的眼神里充满悲悯和慈爱。

我躺下来，看见了天上有一只巨大的"眼睛"——一朵巨大的白云中间，露出了一只蓝色的温柔的眼睛，俯瞰着远处身披阳光的骆驼群正在晚归，照拂着茫茫荒漠上所有的呼吸和心跳。

他在万里之外的荒野深处说:"我怎么能自认为比高山野花还重要,比这里所生长的一切,甚至比终将成为沃土孕育万物的岩石还重要?是因为人有灵魂吗?然而谁能告诉我,灵魂不会寄居在植物和动物体内,甚至溪水和山峰里?"

二 胡杨

低调的橄榄色,是内蒙古高原最西端、额济纳胡杨林九月底的底色,极致的翠绿和金黄之间的过渡色,令人想起休憩、停顿,戏曲唱段之间的过门。

一大片倒伏在沙地上的枯胡杨,在青灰色的天色里,像古希腊残缺的人体雕塑群。一棵巨大的枯胡杨横陈在我脚边,让我想起一尊深藏在欧洲某个教堂幽暗地下室的垂死者雕塑,他被从头到脚覆盖着薄纱,薄纱亦是雕塑家用玉石雕琢而成,与酮体的质感一样,无与伦比的真实,那层薄纱仿佛随着垂死者的呼吸一起一伏。

手不由自主向它摸上去。被千年风沙捶打过的树皮,和它身下的沙尘一样洁白,和戈壁滩一样粗粝。这个千年不死、千年不倒、千年不朽的神奇树种,关于它的传说总是与凤凰与鲜血紧密相连,它将树身掏空,将根极力扎进沙漠深处,在最干旱的季节用身体里储存的水活命。生物的多样性和神奇总是令人匪夷所思,对于胡杨树而言,这只是一种本能,它拼尽全力活着,站着,在大地上留下自己和后代,不管有没有所谓的意义,也并不知道,弱水河畔的几十万亩胡杨林,阻止着巴丹吉林沙漠向北扩散。

我在死去的胡杨林间穿行,像在一座城郭之中穿行,生者和死者的幻影在我身旁呼啸而过,还有薄纱下倔强生命最后的喘息声。

一位内蒙古小说家在小说里写道:"是啊,老奶奶把那棵树奉封成了神树了嘛,怎么能随便砍倒呢……我的儿子,你将来应该把所有的树木全部奉封成神树呀!"

在我视线不远的地方,一片橄榄色的、风华正茂的胡杨树静静立在一湖碧水前,它们身后是正在逼近像要吞没它们的沙丘。树们看起来像是一群母亲,张开双臂护着一湖碧水不被沙丘吞没,像奋力护着身后的孩子一样。

另一个九月,在南太平洋的马尔代夫,当地人驾船带我们去一个很远很远的孤岛浮潜。孤岛像一个遗世独立的存在,只有网球场那么大,圆形的白色沙滩像一口小碗悬浮在万顷碧海之中,"碗"外是深蓝色的海水,"碗"里却是淡绿色的海水,游弋着一些鱼虾。沙滩上空无一物——不,突然,我看见一根一尺来长的白色枯树枝静静搁在沙滩上,与阳光将它在沙滩上投下的阴影相伴。是胡杨的枯枝吗?它在大海上漂了多少年来到这里?在此搁了多少年?还会继续搁多少年?

地球之上，苍穹之下，"高级"的我们总有一天会离开，"低级"的它们永远在。

他在万里之外的荒野深处说："就算我人在山里，只要心情不好或心有旁骛，就听不见山的声音，感觉不到山的存在和力量。"

三　魔域

是什么魔力让两个女人突然放声歌唱？

我抬头寻找鹰的身影时，一座欲倾之城，像崩塌的山体，像海啸的浪墙，向我俯身压来。

断壁，残垣，佛塔，蓝天，阳光，它们从黑水古城废墟的四面八方灌满我们的视线，沙灌满鞋子，风灌满我的红裙和披肩，关于黑城的千年传奇灌满耳朵。

鹰从黑城上空掠过，看见千百年前无数人从阿拉善的历史画轴里穿过，从阿拉善高原曼德拉山岩画的画廊里穿过，他们分属羌、月氏、匈奴、鲜卑、回纥、党项、蒙古等各民族，他们在此狩猎、放牧、战斗、舞蹈、竞技、游乐。如果鹰真能活千年，它会想念一千年前和它一样年轻的西夏城郭黑水城，这条丝绸之路干线上南北交通的交接点，熙熙攘攘穿行着驻军、商人、百姓，它目睹人们用马鞭、弓箭、猎枪、马头琴和长调将繁华喧嚣和波澜壮阔反复书写，也目睹黑水城在主权更替烽火狼烟中灰飞烟灭，成为一座孤城，一片废墟，灌满隔世的荒凉。

鹰见过这片古战场上无数场战争无数次死亡，沙丘下突然冒出的枯骨，是谁的枕边人，谁的儿子？鹰用利爪掠杀猎物，却不懂人类的自相残杀生灵涂炭到底为了什么。

歌声突然响起。

穿着绿裙的斯日古冷摇晃着头，放声歌唱，她将合十的双手一下一下用力地挤向心窝，像在用力地倾诉、祈祷。风撕扯着她的绿裙和长发，撕扯着她有点沙哑低沉的歌声，歌声犹如脱缰的马，在我们头顶上空驰骋。

我问穿着蓝裙的苏布道歌词大意是什么，她回过头脸红红地笑着说，意思是想念他。

斯日古冷呵呵笑说，对，梦里老是醒来。

穿红长裙的我唱起"十五的月亮升上了天空，为什么旁边没有云彩……"时，耳边响起了另一句歌词："苦海泛起波浪，在世间难逃避命运……"

我回头见穿粉色衣服的居延女子海霞在我们身后正随着歌声顾自手舞足蹈。刚才她跟我说，她有一个喜欢写作的好朋友，现在一个人在胡杨林里牧羊，她很想去看看她。我看着她真挚的眼神说，我也很想去看看她，我还想和她一起放羊。

沙漠上，烈日下，四个女人踩着沙子，走在黑水古城峡谷般的古土墩之间，旁若无人地唱着歌跳着舞，是因为黑城太过死寂，鲜活的人们忍不住想打破它吗？江南女子和蒙古女子原生态的音色反差很大，也许并不美妙，也许各有所妙。鹰从天上看，看到茫茫荒漠中四个艳丽的点，它觉得自己更喜欢大地上动人的生命乐章。

他在万里之外的荒野深处说："山上没有风，阳光映着白雪射在我们身上，很热很暖。茱蒂脱下毛衣和衬衫，裸体滑雪。好美的裸体。我本来也应该卸下衣物、沉浸在晨光里却选择爬上湖穴丘，让茱蒂一个人在滑雪道上晒太阳。"

四　野骆驼

我觉得，它的姿态带着点挑衅的味道。

小雨将荒漠唯一一条窄小的公路打湿后，公路在傍晚时分云层间泻下的斜线天光里，像一个闪闪发亮的走秀T台。

三只双峰野骆驼从路基下慢慢悠悠地走上公路。它是最健壮的一只，它走到我们车头前，侧身停下，转头亮相，嘴角上扬，然后，像舞蹈演员转身留头一样，优雅地侧转臀部，转过身，点点头，才将脸转了回去，慢慢走下路基，向着荒漠走去。

它带着嘲讽的微笑告诉我说，这个天地是它们的，自始至终是它们的。漫漫丝绸之路上，人类已经用飞机、汽车和火车取代它们，它们依然没有获得自由，所谓的野骆驼都是放养的，它们也依然认为,这个天地是它们的。它告诉我:因此,我们此番走秀并非示好,而是示威。

我跳下车去追它,我想闻一闻它冲着天空的鼻孔里喷出的高傲气息,摸一摸它结着团的已被小雨淋湿的驼峰上狼狈的毛。它不逃跑,躲闪着,抬起一条前腿,似乎想去掩住鼻子,它说,它讨厌陌生人类的气息,不属于这片土地的气息。

那么,它喜欢它主人的气息吗?它回到牧民家里,会用湿漉漉的嘴唇碰碰主人吗?并告诉他(她)它们仨今天去了哪里,遇见了哪些牛羊马兔鹰虫,哦,还有野兽般凶猛的汽车难听的喇叭声,远不如它们的驼铃声动听。

我想起另一个九月,在青海可可西里的公路上,我遇见一只一惊一乍的小藏羚羊。它四肢纤细得像一个影子,离我约五十米,突然狂奔,突然停下,又突然狂奔,放眼四野并没有一个可供它归宿的群体。大概两百米外,一群野驴,大概五六只,正在战战兢兢地穿越马路,它们已然看到了汽车,闻到了异类的气味,感受到了某种冒犯。

我站在原地,看到云层伸手可触,不由自主跳起来去够,听见有人喊:不要跳,不要跑,高反!我才想起,可可西里的长途跋涉中,我完全忘了对高反的担忧。心跳加剧时,血流加快时,我感觉离高原上蓬勃的生命更近,那些羊,那些马,那些驴,那些草,还有那些脸上有两团高原红的人们,他们的背影总是微微有点驼,因为沉重的肉身,也因为谦逊的灵魂。

无家可归的小藏羚羊又出现了,我慢慢靠近它,我希望从世界上最纯真的眼眸里,看到最静谧的落日。至今,它依然流浪在我的记忆里。

画家兴安曾送我一幅画,三匹马依偎在月下,从容安详,是我想象中动物们最幸福的模样。那幅画让我相信蓝色星球上仍有另一个世界,一切都敞开着大门,苍穹,月空,荒野,湖泊,河流,如果宇宙有一颗心,也一定不会关门。

他在万里之外的荒野深处说:"给自己一次机会,什么都不要做,别在一定时间抵达某个地方,别朝着某一个特定的方向。在这里,你可以随心所欲。这是你的机会,可以迷路、掉进溪里或发现一个美丽的地方。"

向荒野（二）

五　鸥

  我清晰地看见了一只飞鸟的眼神。它黑色的眼珠如一粒海洋黑珍珠填满整个眼眶，上眼睑是双眼皮，下眼睑有卧蚕，上下都画了半根眼线，像一位妆化得特别精致的少女。它全身雪白滚圆，除了脖颈和翅膀尖是时尚的雾霾灰，喙和脚爪是鲜艳的橘红色，这些色彩的搭配，使它看上去像一个在雪地里玩雪的少女，阳光洒满她的笑脸，眸子时时刻刻透着惊喜。

  至今不知它的种类，海鸥，或是鸽子。它栖在居延海岸边的一根木桩上，和它众多的同类一起，它们看起来长得一模一样，就像这里所有的沙子长得一模一样，所有的芦苇长得一模一样。在苍天般的阿拉善，天地都简化成简洁的线条、单纯的色彩，构成最朴素却最摄人心魂的意境。

当我异类的气味逼近它的嗅觉,它腾空而起,巨大的白色翅膀掠过我的右额,扬起我的头发,我们彼此的眼睛离得如此之近,我看见它的眼神里没有丝毫恐惧。

也许人类的喂养,已成功诱导它们在这片水域停留得更久,甚至将这里当成了永久的家,将人类当成了家人。我想,有一些动物其实是通人性的,就像我养的斗鱼,它把自己藏进水草,每天早晨当我靠近鱼缸,它会兴奋地从水草里钻出来,摆动着粉红色的透明的圆形鱼尾,迅速往水面游,拍动着鱼鳍鱼尾翘首以待着我打开鱼食袋子,舀出十来粒鱼食。我无法理解隔着水和一尺远的距离,它是如何知道来的是我,我是来喂食的,而不是偶尔路过它的笑眯眯阿姨,或来觊觎它的什么,比如"猫小野"和"猫银河"。

鸟们拍动着翅膀腾空而起,落到芦苇丛上,也落到水汽弥漫的居延海水面上,它们落的时候并不轻盈,重重的,沉沉的,仿佛水下有巨大的引力。它们浮在湖面上时,看起来圆圆的,笨笨的,萌萌的,像我老家玉环岛漩门湾滩涂上珍贵的遗鸥,如果它们都不怕人,多好。

匈奴语中"幽隐之地"的居延,茫茫戈壁、草原和沙漠延绵不尽。祁连山雪水孕育了众多河流,其中的弱水(额济纳河)自南向北而至居延,形成了居延海等众多湖泊,水草丰美,碧波万顷,也孕育了两千多年璀璨的居延文明。这里曾经响起过的金戈铁马之声，响起过的"大漠孤烟直，长河落日圆"的吟诵，早已被漫漫风沙和声声鸟鸣淹没。遗鸥，野鸭，黑鹳，疣鼻天鹅，白琵鹭，凤头麦鸡，黑鸢，鹗，蓑羽鹤，卷羽鹈鹕，乌雕等等，在此栖息繁衍，除了气候和天敌，再没有什么能伤害到它们，比如战火，比如捕杀，它们活成了大漠戈壁无数动物甚至人类向往的样子。

很多年前一个日落时分，我在澳大利亚南端的菲利普岛看企鹅晚归。夕阳下，雪白的浪花丛里不知什么时候突然冒出了几十个黑白相间、亮晶晶的小东西，就像雪地里忽然绽放的"黑玫瑰"，弱不禁风地随着波浪摇曳着。紧接着，另一处浪花丛里又浮出了一堆"黑玫瑰"。随着人群一阵一阵的惊叫声，雪白的浪花里不断绽放开一丛一丛"黑玫瑰"，慢慢涌向沙滩。一个浪头打过来，它们中的大部分又被海浪卷了回去，过了一会儿，它们又聚集起来，奋力游向沙滩。这些"黑玫瑰"，就是世界上最小的、已濒临绝种的袖珍企鹅。

从沙滩到它们的洞穴大约几百米，经过它们长年累月的跋涉，已经形成了固定的几条小路。对于我们仅几十步之遥，对于它们如千山万水。几十个企鹅纵队摇摆着向着家园挺进，足足花了三个多小时。回到停车场，见告示牌上有一行英文："车子发动前，请看看车子底下，有没有企鹅，防止压着它。"我看见，准备上车的几乎每一个游客，都弯下腰，往车子底下张望一圈后再上了车。

人类很友好。人类友好吗？在离它们很远的地方，人类复杂的生活形态，已经使得冰山加速融化，海平面加速上升，气候极度反常，濒临绝种的袖珍企鹅们并不知道，死亡已悄悄逼近。

他在万里之外的荒野深处说："在这里，日常生活非常简单。在荒野漫游，感觉自然而真实，另一个世界反而犹如小说，与我所了解的真实完全无关。"

六　天籁

金达莱微微闭上眼睛，将屏住呼吸聆听的我们和人间烟火隔绝在低垂的眼睑之外，独自进入了他的世界。

低沉的马头琴声是一匹老马，他随之而起的呼麦声，是另一匹老马，将我带出了蒙古包，走向旷野，进入了一个神奇的、神秘的世界。

金色阳光从云层间瀑布般倾泻。

亿万棵草一起仰起了脸。

雪水在融化。

瀑布从高崖奔涌而下。

羊羔子的唇终于够着了母羊的乳房。

布谷鸟在鸣叫。

牛群循声而来。

黑走熊在攀树。

四岁的海骝马在奔跑。

草原狼在月光下长嚎。

风撕扯芨芨草和炊烟。

胡杨林落叶纷纷。

一个蒙古女人背着羊奶桶，走进草原深处。

马奶酒的芳香里流传着英雄的传说。

大地凝神聆听着草原人久远往事里的柔肠百转。

呼麦，这古老而神秘的声音引领着我的心，与生灵说话，与风聊天，与月光对饮。源于蒙古族匈奴时期的久远回音，是草原人狩猎和游牧中虔诚模仿大自然的奇妙和声，靠口腔和舌头的变化，一个人能同时唱出两个以上声部的旋律，高如登苍穹之巅，低如下瀚海之底。

他在唱什么，我一个字都听不懂，我跟着这个声音去了很多地方，那些地方人与万物和谐共生，灵魂与灵魂切切低语，不分种类。他半眯着眼睛，不像是唱给我们听，而是唱给自然里的神听，唱给沙漠，唱给草原，他一定也听到了它们的回应。

呼麦声和马头琴声一起，像苍老的骏马驮着我，晃晃悠悠，我的身体我的心完全交付于这摇篮般的节奏。人类是否天生喜欢这种晃晃悠悠的感觉？否则，婴儿为什么喜欢摇篮？孩子为什么喜欢荡秋千？人们为什么喜欢骑马喜欢喝酒？是因为生命之初源于大海吗？

达日玛悠远而又高亢的长调，将我带回了蒙古包里的热闹。狂欢的人群，烤着羊排，喝着奶酒，眼神里溢满天真和好奇，我的手里还抓着啃了一半的牛骨。

我想起另一个九月，青海一个蒙古包里，主人们载歌载舞为我们敬酒，我席地靠坐在一只画着艳丽彩画的柜子前，听到一个苍凉的歌声——

"鸿雁，天空上，对对排成行，江水长，秋草黄，草原上琴声忧伤……"

那一刻，我按在毡毯上的右手在和地面做着一种力量对抗——主人的下意识叫它用力将她的身体撑起来，站起来，跳起来，她会跳《鸿雁》这支舞蹈，可下意识里羞涩的力量又在阻止它用力，最后，它端起一盏奶酒，一饮而尽。

我终究没好意思站起来和他们一起跳舞，这个遗憾让我做了一个梦：我追不上他们的脚步，听不懂他们的语言，我猜测着他们嘴里吐出的每一个字的意思，很累很累。然后，他们其中一个耄耋之年很邋遢却很美的女子，突然跑到舞台上，做了一些舞蹈动作，最后亮相的时候，脸上是带泪的笑，她扭曲腿部，脚底朝天，这对于年迈的她，似乎是不可能完成的动作。在梦里，我觉得她很丑，在梦里，我突然发现，她就是我，那个被自己拘禁、从未真正洒脱如奔马的自己。

诗人蒙古月来到杭州，钱塘江边我们第一次见面，他对我说，从你的长相、你眼珠的颜色看，你的血液里一定有草原血统。

他在万里之外的荒野深处说:"某种伟大没有边际的东西,将我吸纳进去、包围着我,我只能微微感觉到它,却无法理解它是什么。"

七　鲸落

蓝迪·摩根森(Randy Morgenson)是美国巨杉和国王峡谷国家公园的传奇巡山员,他在山谷中出生长大,做过二十八年夏季山野巡山员、十多年冬季越野巡山员,救助过身陷困境的登山者,指引过游客领略山野之美,他是一个热爱山野到骨子里的人,是"行走在园区步道上最和善的灵魂"。蓝迪带新婚妻子茱蒂旅行时,夜里就在路旁的干涸沙漠扎营,只靠一桶冷水洗澡,因为他不想夺走沙漠生物无比需要的养分,连枯木也不拿来生火。

1996年7月21日,五十四岁的蓝迪在巡逻途中失踪,园方出动一百名人力、五架直升机、八组搜救犬,展开前所未有的地毯式搜救,结果一无所获。五年之后,有人在国家公园的偏僻角落发现了一只残留着脚骨的登山鞋……

致敬蓝迪的悼词是这样的:"蓝迪最后的旅程结束在一道狭窄的山沟,在一处偏远的高山盆地。久远的小溪流经山沟,虽然总是仰望天际,却始终深藏在严寒的晨光中。峭壁上传来岩鹨质问似的叫声,远方则是隐士夜鸫缥缈的呼喊,一面注视着缓缓穿越峡谷的暗影。天黑了,潺潺的溪水流经岩石,水花飞溅直奔遥远的星辰,再落入静谧的高山湖泊,不停往下流、往下流,和国王河的轰隆声响合而为一,接着迅速汇入汹涌的急流,经过一千七百米高的悬崖和依傍在陡坡的沉睡树木,梦想温暖春日里有熊搔抓树干的时光。

最后,他悄悄流进中央山谷大平原,群星和深邃的夜空将他接去。从第一滴融雪直到无边的寂静,欢愉的内华达高山之歌不曾停歇。蓝迪的声音也在歌里,只要我们安静倾听,永远都能听见。"

2021年小雪时节,当我一边回望一年多前的阿拉善之行,一边捧读美国埃里克布雷姆的《山中最后一季》——和我同龄的、将生命、灵魂与激情融入山野的山野之子蓝迪的人生传奇时,有两股巨大的、相似的力量裹挟着我在不同的时空穿越,让我常含泪水。

2021年小雪时节,4名中国地质科考人员在哀牢山失联,山把他们吞了进去,多日后又把他们吐了出来。山说,不要打扰我,不要打扰我,不要打扰我。山不知道,有些人是来打扰它的,有些人是来考察它保护它的,比如帮它清理垃圾,警示游人不要在野地生火,营救失联者,或者搬出他们的遗体。

1966年,二十四岁的蓝迪写道:"为什么花草树木、万事万物要存在?因为少了这一切,宇宙就不再完整。"

也许,这句话已经道尽一切。

鲸鱼死去的时候,会慢慢沉入海底,人们为它取了一个美丽的名字——鲸落。我看过一个视频,鲸鱼母亲被人类射中,正在慢慢坠向海底,鲸鱼宝宝在母鲸身旁惊慌而又徒劳地游动着,甚至游到母鲸身下试图把它托起来。那是一段真实的、令人心碎的视频。

我们只是隔着屏幕的观众吗?是大自然的主宰吗?不,如果长梦不醒,总有一天,我们就是那头幼鲸。

第二辑 水知道,树知道

我问树:树,我想和你一样,和所有的植物一样,不离开土地,不张扬,不索取,不争夺,一生都保持植物般的优雅,可以吗?我只要一点阳光,一点泥土,静静站着,简单活着,可以吗?

水知道

人体百分之七十是水。

一个人,其实就是一滴水。人生,就是以一滴水的形式,走在世间。

雨

暗夜被一道霹雳撕开产门,亿万个婴儿破云而出,"噼里啪啦"坠向黑色大地。每一滴雨,都浑圆晶莹,全部的身体和心,闪烁着绝世的圣洁光亮。

这时候,它翅膀透明,纤尘未染。

这时候,一切都还纯洁,公平,美好。

这时候,没有谁怀疑,这滴雨,是不是干净?它的前世是湛蓝的海水,污浊的阴沟水,还是吞噬生命的洪水?即使人们相信生死轮回，也没有人怀疑，一个美好的婴儿，它的前世是否有罪。

所有的灰尘，全部宣布臣服，自动从半空降到土里。

所有的生灵——野猫，夜行人的掌心，叶脉，草尖，花蕊，虫，鱼眼，牛睫毛，风，魂……都在仰视，用直觉去直觉一场雨即将带来的悲喜，只一瞬，便低下头，便已忘记，更不会想，这些和他们一样，莫名其妙从天而降的生命，此时究竟是悲是喜？

就像，从来没有人去尝尝，婴儿的第一滴泪，是苦是甜；也不会去想，这滴泪预示着的一生是幸或不幸。

谁都知道，是泪，就一定是涩的——不容易的一生——开始了。

这时候，快乐是件简单的事，还不知道，从此，简单是件快乐的事。

泉

不愿继续坠落的雨，仿佛先天的智者，想尽办法夭折，用尽最后力气，挂在叶尖上，任身体被阳光蒸发，灵魂被蜂、蝶、鸟的翅膀重新带回天上。

绝大多数雨，听天由命地渗进地里，落进水里，开始了漫漫长路。

它是一滴落在高山的雨。落在最高的山顶上，最高的那棵落叶松上，最高的那枝树梢上，最高的那枚松针上，停留了短短一瞬，便继续坠落，砸向地面。霎时，尘土飞迸，只一瞬，它，便被一种巨大的吸力，吸进了温暖、坚硬、黑暗。

土壤温暖、坚硬而黑暗，散发着清新而又陈腐的味道，它懵懂的童年，汇入土壤下的亿万水滴大军，浩浩荡荡，日夜兼程，奔向唯一的归宿——长大。

长大是什么？不知道。

树根，它绕过去。

腐泥，它钻过去。

爬虫，它躲过去。

它是无知无畏的孩子，孤独，新奇，隐秘，快乐，忧伤，全都是无敌的力量，终于有一天，这力量将它们从岩缝间逼了出去——它重新来到了世界——以泉的形式。

天哪，这么明亮！

天哪，这么自由！

天哪，这么精彩！彩虹，游鱼，花香，蛙鸣……还有那一场无疾而终的初恋。

一眼泉，是一个人的青春年少，正告别懵懂无知，却依然纯净，透彻。

一眼泉，日夜翻涌着无数梦想，却还没有汇集成一个真正的梦想。

湖

一开始。

"这水真傻。傻透了。"

这是刚刚长成为湖的泉,安静得和天空一模一样,和镜子一模一样,世界是什么,它就映照什么,没有一点点走样。

移云。翠林。枯枝。芦草。羊群。水鸟的俯冲。挑水的藏族小姑娘……

这时候,湖刚刚安身立命,没有一点想法,湖哪儿都不想去,世界给它什么,它就安心接受什么,不见异思迁,不三心二意。好在,世界总是美比丑给得多,爱比恨给得多,所以,"傻透了"的湖一点都没有吃亏,天天傻乐。反而是,天下人赞叹它的自然,它的没有想法,把它的名字传得很远很远。

自然,有一天,天下人也会将一些陌生的想法带得很近很近。于是,无数选择一夜间纷至沓来。这时候,事情开始变得复杂,痛苦开始来临。

"走,还是不走?"

披着成熟与责任外衣的欲望,日夜在湖面游荡、呢喃:"你不能这样自甘平庸,你应该成为走得更远的河!河!"

莫非,这就是我的梦想!

湖心有一丝涟漪开始悸动,湖底的云便跟着走样了,翠林、枯枝、芦草、羊群、水鸟全都走样了,变成了鄙视的眼,挑水的藏族小姑娘连同最淳朴的歌声一起从此消失,去了城里……

涟漪变成一波一波的浪开始翻涌,终于有一天冲开一个缺口。湖,便从那个缺口出发了。

奇怪的是,没有踌躇满志,却有一种无可奈何的悲凉,它想:辽阔,或幽暗,清澈,或污浊,苦难,或幸福,我都认了。

河

河真的可以走得很远。

如果幸运地躲过断流、干涸以及误入下水道的命运,一路上,真的可以收获很多:丰衣足食,成就感,尊重,爱,并福及家人鸡犬。

可那是怎样艰难的前行啊。它往前每走一步,都眼睁睁看着自己变得浑浊一点。先是惊讶,再是不甘,再是矛盾,然后接受,然后习惯,然后走着走着,发现,世界上,再也没有一条清澈的河了。

所有年轻的年老的江河,所有年轻的年老的水滴,全都大腹便便,脚步滞重,满面倦容,满身伤痛。

原来,作为一条河,必须放弃清澈,学会同流合污。

原来,作为一条河,必须放弃宁静,学会张牙舞爪,纷争计较。

原来,作为一条河,必须放弃明辨是非的智慧,学会随波逐流。

原来，作为一条河，必须放弃方向，放弃理想，任地心引力，带你翻山越岭，摸爬滚打，饮下风与雨，苦与痛，并饮下一个事实——你永远到不了你想去的地方。

往前看，梦想与现实早已在地平线上一拍两散。

往周围看，愈渐荒芜的河岸，匍匐前行着内心愈渐荒芜的众生。

回是回不去了。

这时候，想死了作为湖的日子——没有欲望，脚步更轻盈，心更简单快乐，生命，会真正走得更远。

海

尘埃落定。

所有历经沧桑的水都汇集在此——海——每一滴水的坟墓，轮回转世的道场。

立春雨水，梅雨水，液雨水，露水，甘露，明水，夏冰，腊雪，冬霜，雹……这些曾经的天水，落到地上，成了地水，变成流水，井泉水，玉井水，澧泉，温汤水，热汤，盐胆水，山岩泉水……还变成高贵的香水，甜蜜的糖水，恶臭的阴沟水，苦涩的泪水，血，汗……一切，都重新成为最初那一滴水。来时没有选择，去时同样没有选择。

一切的一切，将由日月洗礼，由风重新带回天上，变成云的婴儿，雨的前身。

这时候，一切重新简单，公平，美好，而安详。

你穷尽毕生得到的富贵荣耀，并没有谁会铭记，就是铭记了，这个铭记的谁最后也会消逝。而假如，消逝前的全部的身体和心，纯美宁静如最初来到世间的那浑圆一滴，而非污浊与破碎，一个人的一生才能叫幸福吧？

水结晶

最后。一个男人，从海里舀起一瓶水，放到显微镜下，解剖、拍摄水分子，他要洞透水的灵魂。

他在瓶子上写"快乐"。片刻后，显微镜下的水结晶居然呈现无比美丽的图案。

他在瓶子上写"痛苦"。水结晶分崩离析，丑陋不堪。

他对着一杯水赞美："你真好！我爱你！"水结晶变成了美丽的六角形雪花。

他让水听抒情明快的贝多芬《田园》交响曲和优美的莫扎特音乐，水结晶无比精致优雅，几近完美。

他让水听《离别曲》和现代重金属音乐，水结晶被完整地分割成碎片，甚至解体。

他对水说："你真恶心。"水结晶立刻杂乱无章。

最神奇的是，他对着一杯水说："我要杀了你！"水结晶似乎出现一个人拿着利器的形象。

原来，水是有生命的，水懂！人凝视水的时候，水也在凝视人，就像一个人在凝视另一个人。一切的一切，水生命不仅能看到，还能懂！

也就是说，当我们想什么，身体里的水生命都能感知。我们想纯净，身体这滴水就清澈；我们想快乐美好，身体这滴水就快乐美好；我们想痛苦丑恶，身体这滴水也会痛苦丑恶。

而当一个人对另一个人，一群人对另一群人，就像是一滴水面对另一滴水，彼此的和谐与不和谐，其实是生死攸关的啊。

原来如此。

夜。窗外有雨，隔壁传来新生婴儿的几声哭，相对无比老而厚而浊的世界，他无比的嫩与薄与清。

如果人生必须以一滴水的形式漂泊在尘世间，我愿它从此诗意地长大，行走，消失，如它今晚诗意地出现。

抵达

雨夜,船潜入东河,像一束静静的光,潜入幽暗的历史深处。

从千年之前的五代开始,东河就像一曲丝竹,在杭州城最繁华的地带辗转吟唱,一直往南,最后汇入浩瀚的钱塘江。

船,必定会惊扰到时光,以及安睡在时光里的人们。我们每穿过一座桥,桥洞浮雕里的千年市井百图,便在灯影里一一活了过来。四季河景,花街,花灯,百行百工,百姓……都有了颜色,声音。

"你好啊。"

"你好。"

"再会啊。"

"再会。"

这些人，这些声音，一次次轻轻簇拥着我们靠近，又簇拥着我们离开。

雨还在下，树影婆娑，灯影朦胧。一个水边亭台里，传来现代舞曲，两对中年男女，在雨夜里忘我地跳着交谊舞，如古老昆曲里美丽的幻影——仿佛，我们顺着河水，已经抵达清代，元代，南宋，五代十国，或是，更早以前。

雨声里，船一次次挣扎着回到现实，而从历史深处被拽回来的我们，突然变得沉静。

其中一座桥，叫万安桥，是古代夜航船的停泊处。

船过万安桥的时候，我跟同船的朋友们说："看，我妈妈家。"

母亲住在上城区的最北边，我住在上城区的最南边。十年前，我搬到凤凰山脚、钱塘江畔时，同感于清代李渔举家迁居吴山后所题："湖山招我，全家移入画图中。"

记得暮春时节，陪刚出院的父亲在东河边散步，过来一条挂着灯笼的小船，母亲说，从我家门口的万安桥上船，只要三元钱，一直坐到梅花碑，上河坊街，沿南宋御街走，就是你家门口了。

我愕然，原来，繁华喧嚣里，我们母女，竟然有这样一条静静的东河可以相互直达。

于是，那个暮春的傍晚，父母执意陪我一起坐船，去体验一下母亲说的话。游客极少，两岸灯火次第亮起来，微风很慢很慢地吹过，小船在静谧的空气里很慢很慢地走。我想，这时候，岸上车水马龙中的人们看过来，我们多么像古代的人，慢慢地顺水而过，去忙生计，去赴约，去出嫁，去悲欢离合。这么慢，这么静，他们会羡慕吗？

"真幸福。"母亲说。她常常这么说。她这么一说，我心里就会真的幸福很多。

此时，母亲又回老家小住去了，我的思绪抵达母亲后，又随她抵达了故乡。故乡也有这样一条南门河，也是一座城镇的血脉，静静的，慢慢的。当我想着故乡的河水时，我的心是安宁的，因为，无论我在城市里走得多快，我的血脉仍是慢而静的。我想，无论以后走到哪里，只要有这么一条河，我的心便永远是安宁的。

雨继续下，夜继续深。然后，我像一个戴着听筒的医生，摸着东河的脉动，抵达了这个城市的心。

如果说杭城是一个巨人，那么，我家所在的这个杭城最有古老历史文化韵味的区域，应是巨人的心脏。

南宋皇城、御街遗址在此。

八卦田在此。

凤凰山、吴山在此。

城隍阁在此。

清河坊在此。

胡庆余堂在此。

万松书院在此。

历史与传奇在此……

下船后,我以伞为帆,让自己成为一条船,在一条又一条深夜的大街小巷里,游走,触摸,探究,感受。

我想起,每个清晨,我在此醒来,出发,一路向北奔波,一路目睹这个城市新鲜、时尚、生机勃勃的早晨。每个黄昏,我又匆匆向南,回到此地,蜗居,休养,生息。却从不知道,原来,当我枕着这颗城市的心入梦,它,正一头枕着钱江潮的怒涛,一头枕着东河静静的涟漪。所以,它的身手如此敏捷神速,它的脉动却如此从容不迫。

午夜,终于在熟悉的家门前靠岸,仿佛又听见母亲说:"真幸福。"

是啊,我们总在路上奔突前行,焦灼疲惫。我们总在寻找,有什么方式,可以抵达安宁?原来这么简单,一个雨夜,一条船,一条河,就可以。

春分

暮光消失后，夜雨将山后浦村裹进怀里。隔墙的老庙突然传来"咚"的一记鼓声。

父亲走在前面，领我穿过院墙与老庙之间的小弄，看见一场春雨的足迹在石板路上闪闪发亮。这是2016年的春分，燕子回巢，我回乡看望父母。在越来越密的鼓声和雨声里，我听见故乡万物生长，雨传送过来一阵阵隐秘的香气，大地沉入了夜的深呼吸……我还听见时间深处传来人们踏青赏景的欢声笑语，听见纸鸢在天空呼啸，上面写着希望天上的神能看到的一个个祝福。

一座很小的庙，一盏瓦数很低的电灯，一张旧桌，四五张矮凳，三个七八十岁的老人，一个剃着平头、面相端庄的中年鼓词人，生、旦、净、末、丑的悲欢均由他一人承担。故乡的春分之夜，仿佛来自古代。

父亲说，自古春分时节也是祭祀的时节。山后浦村每逢神佛寿诞、婚丧嫁娶、乔迁新居等等，村里人就凑份子请唱词人来唱。唱前，先击鼓"打头通"，邀请四面八方的神都来听，有的一本唱一夜，有的唱两三夜。

老人们坐在昏暗的灯影里，似睡非睡。唱词人古老的腔调，在夜色中盛放、枯萎。我忽然想，他不是唱给人听，而是唱给神听。

父亲说："记得吗？我们家从镇上搬过来时，也请唱词人到小庙唱过词，那时候多热闹啊。"父亲说，"你大概忘记了。"

不是大概，是完全、彻底。如同我每次回家，在小镇边缘鳞次栉比的新建楼群间，怎么都找不到山后浦村的入口，那个曾经青翠欲滴的入口。此时，一座老庙，一段唱词，成了那个青翠欲滴的入口，将我带进了一些记忆，复活了一些似曾相识的雨夜、一些特别具体的春天，以及故乡如泉水般隐忍的各种美好。而今夜过后，夜行的火车将又一次将我带离，带离小院的桂花树和母亲的目光，带离高山之上祖辈坟头刚刚发芽的青草。老家春夜的鼓词声，将又一次与我背道而驰。交通的便利，让我们误以为故乡近在咫尺，其实，它正以前所未有的速度远去。终有一天，父辈们只在梦中出现，那个青翠欲滴的入口，会成为一个伤口，一念及，舌尖便沾上涩涩的泪滴。

"遥思故园陌，桃李正酣酣。"多年后，当我再一次穿过春分的夜晚，穿过院墙与老庙之间的小弄，还会有一段鼓词在等我吗？不知道会是谁，陪我一起用目光捡起满地的雨水，或月光。

猎鱼

他奔跑在海水深处。鱼在前，死神在后。

全身几乎赤裸，黑红健硕的肌肉，粗壮的骨关节，鱼枪紧握，健步如飞，几乎贴着头皮的短卷发，慢镜头般在海水里飘扬。

张嘴狂吞了一口气，他将自己一头没入海水。海水瞬间缠绕上他的耳朵，手，枪，脚步，心跳。整个世界，变成一床棉被，劈头盖脑捂住了他的呼吸。

他潜至海下20米，心跳降至每分钟30跳。等于，他将整个生命浸入了海里，为的只是游在前方的一条金枪鱼。

对准，投掷，刺中。与此同时，他感觉到死神也像他追赶猎物一样追赶着他。用尽最后一点残存的力气，俯身抓起鱼，奋力蹬腿，往上，往上！

"哗——"两分半钟后，他鱼跃而出，张嘴吸气，因迫不及待，差点把海水也吸进肺里。

又一次，他甩掉了死神。

这是南太平洋某小岛上一个以猎鱼为生的人。他每天的生计，像原始人在丛林中狩猎，裸身潜入海底，用镖枪射鱼。古老的祖先传下来这门手艺，他们一直用到现在，从来没有变过。每天，他们只下海两三次，捕上两三条鱼，够一天吃，就歇手，从来没有变过。

他们每一天的生计，都有可能付出生命的代价，都是人类对海洋的极限挑战。

在南太平洋另一个小岛上，住着屈指可数的几个渔民，小岛对面，是另一座小岛，每天被怒涛拍打的礁石上生长着无比茂盛的佛手贝和牡蛎。岛与岛之间，拉着两根很粗的绳索，绳索下，狂风嘶吼，怒涛万丈。每一天，他们半裸着身子、赤着脚，从绳索上无比缓慢而艰难地爬过去，像只壁虎一样，死死攀趴在岩壁上，紧紧盯着两个怒涛之间的先后间隙，像豹子一样跃到低处的礁石上，眯缝着被海水刺痛的双眼，一边抵抗着狂风怒涛的撕扯，一边用工具飞快采撷，在怒涛即将席卷而来的刹那，他们跳回高处，如此反复，然后全身湿透地攀爬回去。

为着一小捧收获，他们每天都可能葬身海底。

曾经，我也像渔民一样，潜入中国南海海底，不为猎鱼，而为猎奇。装备齐全，在专业潜水员的牵引下畅游珊瑚海礁。珊瑚、水草轻啄着手掌心，游鱼不时擦过双腿、脚趾，一切如蝴蝶在空气中轻柔飞翔。海洋于我，不是必需的生计，不是唯一的粮仓，而是旅游休闲之地。

还想去迪拜、马尔代夫深入水下几十英尺的海底酒店，躺在床上，就能看到玻璃外的海底花园，鱼群、海龟游来游去，珊瑚像花一样盛开，世界无比静谧、安详，如同回到母亲的子宫，睡在羊水里。

"最真实的回归，就是要回到大海母亲的怀抱"，其实我知道，偶尔的亲近，显然不是真正的回归，而只是一次游手好闲的享乐甚至掠夺罢了。

还是在南太平洋，有一些人，从事着一种奇特的工作——种珊瑚。为了挽救地球上消失得越来越快的珊瑚礁，人们将珊瑚幼苗种到人工珊瑚礁里，培育成形后，再种到海底礁石里。一只珊瑚，两年内可以生长50倍。一群一群珊瑚开花了，珊瑚礁又活了，浮游生物多了，水草又绿了，大批鱼群来了，生态平衡了，渔民又有鱼吃了。

我想做一个种珊瑚的人。

从蹒跚学步到高速飞翔，人类文明已前行了几千年，然而现代人的生存手段，与古老的猎鱼、挖蛎一样，其险、其难、其累，归根结底没有改善，从精神层面上看，甚至有过之而无不及，更少了原始的那份简单诗意，那份无比悠长的悠闲。

海底生态不好了，有人会去种珊瑚。陆地上，自然生态不好了，精神生态不好了，我们也该种点什么吧？

此刻，大海离我无比远，人海离我无比近。午后的阳光穿透我，我对着自己的影子说：茫茫人海中，你是一个猎鱼人，你也可以是一个种珊瑚的人。

那么，就从种文字开始吧。

水边

　　离零点还差三小时三十三分时，我将脚尖探进了17度的江水里。相对于立秋过后仍然酷热的气温，一江水仿佛已提前进入深秋，以让人猝不及防的凉，轻轻啃噬着趾尖，并一点点向上行进，一点点向内深入，直至蔓延至头顶最接近天空的那个细胞，醍醐灌顶般，热浪滚滚的脑海一下子静了下来。

　　农历七月初一，没有月亮，我伸出手抚摸新安江的脸，却看不清它的神色、样貌。远山如墨，灯火稀朗，水面深藏着微微的波光，但我清晰地闻到了它的呼吸，异常清凉，依稀可辨高崖的泉，深涧的溪，晨雾，杂树，渔舟，跃出水面的鱼，鱼鳃张合间微弱的腥气。我打开手机电筒，注视着一条水草随着水流轻轻滑过我的脚背，于是我在脚背上看见了一江水的真实面目，它用清澈到无色无味无声无形的语言，正一点点带走时光，将我带入知天命之年。

是的,是我49岁的最后一天,离50岁生日不到三小时。因缘巧合,一江水将见证一个平凡女人开启一段新的生命旅程。二十多年前,我第一次来到新安江,为令人震撼的白沙奇雾写下了《与雾同行》:"我在江边走着,雾也顺着江走着,好像是两个同龄女人正在并肩散步,很亲近的样子。但我总有些自惭形秽。雾是单纯的,而我却不是,有着这样那样的欲望,有着这样那样的烦恼。好在雾并不在乎,依然用她无声的语言让我感觉自己暂时成了瑶台上的仙人,忘记了俗世间的一切。"二十多年后,世界变得多么热闹啊,而一江水依然这么静,这么凉,清澈,清瘦,清静,甚至清明。我用脚跟轻轻拍打,水花溅上我的身体,饥渴的肌肤发出一声叹息,像干涸的土壤吮吸雨水,像初雪落地。

这一江恒温17度的水,源自安徽怀玉山脉,流经休宁、黄山、建德、桐庐、富阳,至杭州湾,最后抵达大海,整整365公里,上游叫新安江,中游叫富春江,下游叫钱塘江,所到之处,"风烟俱净,天山共色。从流飘荡,任意东西……奇山异水,天下独绝"(吴均《与朱元思书》),引得李白在江边游吟:"清溪清我心,水色异诸水。借问新安江,见底何如此。人行明镜中,鸟度屏风里。"二十多年来,新安江水、白沙奇雾、梅城古镇和十里荷花,如浮桶般,常在我记忆的深井里浮沉,散发着水草的味道。

此刻,我与一江水对坐,好像是两个同龄女人正在促膝谈话，很亲近的样子。但我仍然有些自惭形秽。江水是宁静的，而我却不是，二十多年过去了，我依然有着这样那样的欲望，有着这样那样的烦恼。即使一江水用她无声的语言让我感觉自己暂时成了瑶台上的仙人，但我仍无法真正放下俗世间的一切。

一些人在我身后的堤坝上来来往往，打手机，聊天，跑步，渐行渐近，又渐行渐远。一位老人打着手电用网兜捞虾，捞到些比瓜子大不了多少的虾，说给家里的甲鱼吃。他每天都会过来捞虾，说，要顺着水流和水草的方向。一个男孩在岸边高声叫爷爷，他便收拾起工具走了。横跨两岸的拱桥有五个孔，从最远的那个孔里传来婺剧高亢的腔调，随着风的方向燃烧着，熄灭着。除了这些声音，尘世分明还穿梭着另一些来自远古的声音——老子在沉吟"上善若水"，孔子在感叹"智者乐水，仁者乐山"，"逝者如斯夫，不舍昼夜"；孟子在念叨"源泉混混，不舍昼夜，盈科而后进，放乎四海。有本者如是，是之取尔"，荀子在劝告"不积细流，无以成江海"，"水能载舟，亦能覆舟"；庄子与惠子游于濠梁之上，开始了一场关于鱼之乐的辩论……离此不远的子胥渡口，流传着关于伍子胥的两个传说：当年他一路逃亡，分别路遇一位老翁和一位浣纱女，求得他们的帮助后，又恳求他们为其保守秘密，不料两人竟毅然自沉于江中，以明心志（"渔父诺。子胥行数步，顾视渔者已覆船自沉于江水之中矣"；"尔浣纱，我行乞。我腹饱，尔身溺。十年之后，千金报德"）。萍水相逢，以命为信，令人唏嘘。没有一条鱼能尝出水本身的味道，千万年来，谁能说得清，是水成就了人，还是人成就了水？

离我一尺之远，坐着我两位同龄的文友，他们一个从北方来，一个从南方来，一个是男的，一个是女的，因一场文事在此邂逅。气场相似的人，无意中一起坐到了水边，也无意中陪我穿越生命中一小段特殊时光。我们掬水而饮，她说，真甜，没有一丝腥味。他则低低念了一句"浴乎沂，风乎舞雩，咏而归"。

我看着被一江水惊艳到的他们俩，像看到了二十多年前被一江水惊艳到的自己。那个自己，爱文学和与文学有关的人们，如同爱自己刚生下的婴儿，心无旁骛，无关名利，无怨无悔。二十多年过去了，这个人变了一些，也焦虑，也厌倦，也怀疑，但依然爱，且只为爱而活：爱家人，爱文学，爱苍生。新安江静静东流，会一直流到钱塘江她的家门口，此时，子夜将近，新的生命旅程即将开启，坐在上游的她眺望着住在下游的她，高兴地看到了未来自己的模样——在水一方，坦然安详。

高亢的婺剧湮没在越来越浓的夜色里时，我们与更多的文友在水边会和。子时，他们为我唱起生日快乐歌，一位前辈唱了一段京韵大鼓《丑末寅初》，"我猛抬头，见天上星，星共斗，斗和辰，它是渺渺茫茫、恍恍惚惚、密密匝匝、直冲霄汉哪……"，还连说带演地说了一段让众人笑趴在桌上的单口相声，他平日并不喝酒，这次却喝了啤酒。又有友人们唱起京剧、夹杂着江西口音的英格兰小调，谁起了一句《送别》，大家便一起和唱了起来。这些彼此并不特别熟悉却同样爱着文学的人，这些明天各奔东西的人，聚在一起，送走了一年中最为炎热的一个白昼，送走了一杯杯酒一支支歌，也无意中送走了偶尔纠缠的烦恼事、得失心。微醺的人们走在午夜建德的街头，兄弟般勾肩搭背，肆意横行，一江水默默将17度的微风拂上我们正在老去的容颜。17度，是一江水的语言，它从不表达什么，但什么都表达了。

后来。

后来我们在一个叫"梅城"的千年古城，迎来了一场大雨如注，也迎来了我后半生的第一个清晨。一千八百多岁的六合井旁，大家用水桶打上井水，喝到了和新安江水一样的微甜。暴雨如注，大家齐齐贴在屋檐下躲雨，谈笑着一个刚刚揭晓的文学奖。我开玩笑说，文无第一，以后所有的文学奖，将提名的作品名团成阄，分放到井里，用桶捞，捞到谁就是谁。又或者，来个曲水流觞，酒杯停在谁面前，便是谁，多风雅，多和谐。大家便笑。

一位年迈的老人让我们进门躲雨，拖出条凳让我们坐。我问她高寿，她说九十四了，我说我"今天"五十了。她并不明白我的意思，说了一句：你看不出有五十岁了，便又驼着背默默坐在雨声里，眼神望向虚无。我不由看她两眼又看她两眼，心里感觉很静。我想起十多年前，也是一个雨天，我和一群文友在梅城的水边，坐在船舱里吃从江里打上来的新鲜鱼虾，看细雨落在水面漾起一个个酒窝。如今，他们中已有几人故去，大多失联，但他们送我的礼物，一串谁亲手做的陶瓷项链，一串翠绿的玉石项链，还有一幅荷花图，几本书，仍珍藏在我钱塘江边的家里。

"七里人已非，千年水空绿"，人生路上，人们不断相遇，又不断分离，甚至永远失散，但如同一江水里的水，气场相似、心灵相契的人们其实一直在一起，沿着同一个方向在奔向大海。

曾经，耄耋之年的太婆说，我活了一辈子，也就是赚了身边这么些个人啊。

电闪雷鸣，大雨滂沱，巨大的水声充盈着我合十的双手：感恩生命里所有美好的相遇，即使终将告别。

树知道

月亮升起时，远山如一张年代久远的黑白照片，悄然隐退。山下，娘家院子里那棵丹桂开花了，娘家的月色也就香了。

披着一身幽香的月色，我们坐在一地花影里。母亲突然说，看，树上是不是鸟？

我踮起脚尖，却看不真切，便脱了鞋，爬到凳上看。真的！两只很小很小的鸟儿，交颈依偎在桂花枝上，头顶特别白，身子像是粉红色，想起那首"四张机，鸳鸯织就欲双飞。可怜未老头先白，春波绿草，晓寒深处，相对浴红衣"，心怦然而动。想让母亲也看看，便轻轻将桂花枝往下扳了一扳。不料，鸟儿惊醒了，"扑啦"一声飞向园外，消失在黑幢幢的树影里。母亲嗔怪我惊动了它们。父亲闻声从房里出来说，没关系，这些鸟常来。

这倒也是，娘家的院子是蝴蝶、蜜蜂和鸟儿的天堂。春夏秋冬，阴晴雨雪，这儿总在不停地变幻着一幅幅隽永的画卷。未进院门，紫薇已在墙头颔首含笑。蔷薇虬劲的枝干狂草般游走在铁栏杆间，柔嫩的花叶如饱蘸水墨的笔，在白色粉墙上尽情倾诉酝酿了一整个冬季的缠绵。推开"咿呀"作响的红铁门，依墙而立的文旦树涌来满眼绿意，三两棵被花儿和果实醉弯了腰的石榴树将你的视线引向花园深处。三三两两的白梅、迎春、玉兰、栀子花、美人蕉，还有一丛丛自生自灭的晚饭花，在这片靠山傍水的天地间，尽享清风明月、阳光雨露，无不花繁叶茂。鱼儿们在水里游弋张望，成群的鸟儿高唱着四处飞奔，蝴蝶毫无防备地歇在你肩上。

暮色四合的时候，我们将饭桌摆在桂树下。一阵微风拂过，几点桂雨飘在被轻轻夹起的小葱豆腐上，让人良久不忍动筷，怕惊落了这份芳香的诗意。这时，小狗都都突然在院门外大摇大摆地用前脚敲门，要求共进晚餐。打开门，它忽闪一下从你脚下钻到草坪里，先撒起欢来。

闭上眼，感觉着这些旺盛而无拘无束的生命，我看见自己那颗蒙尘结痂的心冉冉盛放，一瓣比一瓣纯净，一瓣比一瓣透明。

自然，就想起了杭州家里那些可怜的植物们。

它们刚来时，应该是喜欢这个家的。

巴西木和滴水观音婷婷的身姿和叶子，在台灯的光晕里摇曳。

素心兰虽然单薄，也没有要开花的样子，但喜欢它的名字，连着紫砂花盆带回来，放在小书房里。

宝蓝色的瓜叶菊、含羞草和开着两朵极小的金红色花朵的仙人掌，在黑白色调的卫生间里。三盆茉莉是我亲手种的。朋友送来了两盆君子兰和叫不出名的观叶植物。林林总总几十盆花木，葱茏热闹得像来了一群亲朋。

可是，植物们姹紫嫣红了几个月，便日渐憔悴。花谢了，叶子发黄，接二连三往下掉，无论怎样抢救，仍一棵接着一棵慢慢枯萎了。

继续买，更换，继续枯萎。

家里留下的树的空白，很蜇人的眼，好像是一个个失去灵魂的生命。夜半起来，天光透过窗纱照进空旷的客厅，恍然便能听到并不存在的绿色的叹息。与此同时，时常觉得身体的慵倦，皮肤的粗糙，心绪的迷乱，像那些树一样心力交瘁，却不知何故。终于有一天，来了一位乡里朋友，她一语道破天机：你们这些地方，空气里什么有毒的都有，连人浑身上下都冒着毒气，你们不知道，树知道啊！

树知道，树不能说，不能挪，树只好死了。可人并不比它们幸运，也许还更可怜，明知生存面对的种种威胁何止空气里的毒素，却仍怀着侥幸的心理，给自己制造各种不能挪动的理由：想逃，逃往何处？若真有干净的去处，又如何割舍名利、责任和爱的牵绊？

只好躺在异乡的静夜里，细细怀想娘家的花园。心魂在梦里跋山涉水，奔向那个树喜欢、我也喜欢的地方。

遇见树

    盛夏七点钟的阳光照在雕花旧木床上，照见尘埃在光线里浮沉，水母般忽明忽暗，也照见一个女婴的落生。如同一颗种子，被飞鸟衔来，又随意丢弃，我落生在一个叫楚门的江南小镇，在阳光、灰尘与血水奶水混合的气息里，发芽。

    我相信，江南的每一个婴儿，第一次睁开眼睛时，一定会看到树，至少，也闻到过树。树就在屋外，从老屋的每一个缝隙里，渗进来暗绿色的呼吸，提前让一个婴儿感受泥土的味道，雨水的味道，星辰的味道，早晨和黄昏不同的味道——万物生命之初的清纯味道。

    我看到过树，我也一定看到过祖先们，虽然我的记忆里并没有他们。祖先，就是墙上黑白照片里英俊的外太公，和墙下佛龛前日夜诵经的外太婆，简单而神秘的构成。每一个人的生命，都起源于祖先们的爱恨情仇，而我们对他们几乎一无所知。就像一棵树，它一定是有来历的，但它并不知道自己来自何处。

其实，我想说的是，那时，树还是树，我还是我，同为平凡的生命体，离祖先一步之遥，离大地一步之遥。

然后，一棵棕榈树，成为记忆里第一棵具象的树。它孤零零地站在祖母家老屋后一个很大的菜园子里。菜地匍匐着矮矮密密的一丛丛碧绿肥厚，只有一棵棕榈树，鹤立鸡群。剑一样的树叶，总在午后晴朗的太阳风里奋力挥舞，而一阵雨后便垂头丧气，像一个永远对当下心不在焉而执着眺望远处的诗人。关键是，它结满了硕大的海珍珠般的累累果实，金黄色的，极其紧实。可是，果实不能吃，白长了。我问树：树，你结的果子不能吃，为什么还要结果子？树当然没有回答。

于是我猜想，世界上有些东西，其实是没用的，比如棕榈树的果实，还比如一棵棕榈树，它长在那儿，和没有长在那儿，有什么区别呢？还有，学校里有两棵枇杷树，会结可以吃的枇杷，可是，更多的时候，它身上爬满了棕色的毛毛虫，让人毛骨悚然。我想，身上每天被毛毛虫爬着，活着有什么意思？还有一棵老桂花树，我跟母亲说，那棵桂花树闻着很臭。母亲说，怎么会臭呢？你的鼻子有问题吧？其实是太香了。我又想，它那么香，却被冤枉成臭的，那它活着，也没什么意思。小镇边的山上，也有很多树。但是，它们长在那儿干什么呢？又不会吃东西，也不会玩，更不会说好听的话，大多也不会结好吃的果子。如果世界上没有树，也没关系的吧。那么，如果世界上没有我，也没关系的吧？那么，整个地球，整个宇宙，没有人，又有什么关系呢？对于地球和宇宙，人会不会就是一群恶心的毛毛虫？

于是，我想，我和一棵树一棵草，其实是一样的。怎么长大，怎么活，怎么玩，也都是一样的，自己心里舒服就行了吧。这样一想，顿时如释重负。那时我不知道，世界上有"无忧无虑""闲云野鹤"这些词，说的就是当时我像一棵树一棵草那么没心没肺的状态。

几年后，与一棵树的遇见和别离，生命的味道开始变得不一样。一棵与我同龄的桂花树，在一个下着大雨的春日的午后，被连根挖起，从乡下运到了我家，栽在刚刚造好的院子里。

一个孤僻的女孩和一棵孤独的树，开始精神上的相依为命。树干、叶子，都特别干净，花香很淡，我喜欢。坐在树下读书写字，有好的句子就念给它听，有想说的话，就在心里说给它听。风吹过来，树叶发出沙沙的响声，世界离我们十万八千里。常常，我会呆呆站在树下好半天。有一次，做错什么事被母亲责怪，我在树下站了很久。夜深了，树像一个人，被黑暗笼罩，我被它笼罩。雪从它身上纷纷落下来，我听见一个声音说："你长大了，你应该……"

生命里出现了"应该"这个词——你应该这样，你不应该那样……十八岁，当我离开它去杭州读书，发现，整个杭州城都是桂花，仿佛我走了三百六十公里，桂花树跟了我三百六十公里！

隔着三百六十公里，我问树：树，我想和你一样，和所有的植物一样，不离开土地，不张扬，不索取，不争夺，一生都保持植物般的优雅，可以吗？我只要一点阳光，一点泥土，静静站着，简单活着，可以吗？可是，在动物的世界里，为什么不争不抢，就会失去尊严，甚至存活的机会呢？就会被说"没用"呢？为什么我不喜欢被人说"没用"呢？人和万物，本来不就是没用的吗？

树没有回答。我忽然意识到，从那一刻起，所有的树已与我分道扬镳。

很多年后，又来了一棵树。

是一棵幸福树。搬新办公室时，朋友送的。它真的是一棵树，而不是花草。它被两个花店的工人很费力地搬到十七楼。它长在一个很大的花缸里。花缸是粉紫色的，柔弱得似乎难以承受这么高一棵树。

我"应该"了几十年，终于达到了人生的某种"高度"：我干活的地方，我睡觉的地方，都离地百尺。像城市里无数人一样，离地越来越远。但我没想到树也搬到了楼上。

办公室朝北，整天没有一丝阳光。有一天，我被一缕阳光晃了眼，百思不得其解，最后发现，是阳光被对面大楼的玻璃反射过来。这可怜的一丝阳光，细微得如蝴蝶的吻，在树叶上缓缓移动，叶子幸福得微微颤抖。树会怎么想呢？它的一生，估计要和我一起，永远禁锢在此，灯光，自来水，是它的阳光雨露，就像，方便面、快餐，经常是我的午餐。多么可怜。

奇怪的是，以灯光为生的幸福树，居然枝繁叶茂得不可思议。时时有缎子般的新叶从树冠处一丛丛地钻出来。有时，出差回来，见它蔫蔫的，浇点水，又舒展了。它怎么这么逆来顺受呢？怎么这么像我呢？

终于，叶子的方向出卖了树的心。过了一段时间，所有的枝叶都朝着窗口倾斜过去，像无数只伸向救命粥的手。绸缎一般的嫩叶，像婴儿的嘴唇，贪婪地找寻着乳汁的方向。树什么都没有说，却什么都说了——我渴望！我渴望阳光泥土的味道，雨水的味道，星辰的味道，早晨和黄昏的味道，蝴蝶和鸟的味道！

这棵树，永远也不会有鸟来筑巢。

十七楼的窗外，一阵乌云路过，雨水随后滴落，落不到树上。一阵风从窗口路过，试图摇动窗内的树枝，树一动不动。

风想，树不是这样子的，这是一棵假树。

风会不会想，树边上那个女人，也是一个假人？

淡竹

初秋,我和他相遇在江南一个叫"百草原"的山林中。

他是竹——植物中的另类。

他看上去清瘦且憔悴,相对于百草原其他植物,像一个混得不太好的中年人。

稻子,正是扬花灌浆的妙龄,名牌大学新生般踌躇满腹。

银杏终于褪去一身浓艳,和蓝天的高洁媲美。

松树很满足,即使干瘪的果子永远得不到更饱满的收获。

法国梧桐是老实人,沉浸在年代久远的优越感里,并不知道,有一种鹅掌梧桐,要悄然代替它无敌的位置。

兰花三七,像极薰衣草,却更美,所有的花都虔诚地朝往一个方向,像被一种崇高使命蛊惑。据说气味能抵挡蛇对游人的侵袭。

浮萍无根,却有心有肺,挣脱着随波逐流的命运。

被践踏的草，总是第一时间奋力挺直腰杆，挂着最底层最灿烂的笑。

贪婪的蔓，不知羞耻地攀爬在高大的冷杉上，一边噬血，一边甜言蜜语……

几乎所有的植物，都攒足劲儿，在喊——我要生存！我要开花！我要结果！

甚至动物。三只人工繁殖的小老虎，眼睛都未睁开，拼命争抢着狗奶妈的乳头。

甚至那口奇异的朱家千年古井，都像藏着无穷的欲望。日夜暗涌不息的水，居然漫过高出地面一米的井沿。如果将井沿继续垒高，水会怎样？

他是竹，是植物中的另类。其实，名利、金钱、权势，如同阳光雨露的垂爱，蜜蜂花蝶的青睐，他不是不想要，可是，要弯下腰，要费心机——要将每一条根都变成利爪，团结土壤，虚伪地赞美越来越污浊的空气，要与昆虫讲和，与风霜妥协，对苍蝇漠视，对强加在身上的种种不公委曲求全，才能安身立命，才有飞黄腾达的可能。

可是，他的节生来就是直的，他不能弯腰。他的心生来就是空的，他不愿费尽心机。

真是空的吗？

不。那一节节空里，早已成就一个美妙的小宇宙——有与生俱来的一些坚持，有人生一世草木一秋的豁达智慧，有对土地的感恩，有和另一棵竹的爱，与笋的亲，与周围无数青光绿影的促膝长谈、开怀畅饮，有鸟儿偶尔驻足的呢喃，有清风明月的和唱……笑忘功名利禄、荒芜繁杂的每一秒时光都格外静谧而美好。

那一节节空里，是永远的满盈。

更让我惊异的，他不仅直，空，而且淡。

他是"淡竹"——全球原始淡竹林最大群落中的一员。从外表到骨子，都是竹子中的最淡——淡紫、淡红、淡褐、淡绿，淡泊。所以，他与世无争到看淡生死。

他可以很入世。生可以防风，成荫，美化环境，死可以做篾，成为最土最实用的晒竿、瓜架、凉席，成为竹桌、竹椅、竹篮。

他也可以很出世。他是箫与笛的前世，不死的魂魄随天籁之音往来天地之间，优雅散淡而隽永。

当然，这并不表示他逆来顺受，他会和压在头顶上的积雪抗争，他不允许荒草占领脚下的领地，他摇曳着枝干向毒蛇示威，他告诉所有的竹要独善其身兼爱天下。

他是李白，"安能摧眉折腰事权贵，使我不得开心颜"。

他是陶渊明，"采菊东篱下，悠然见南山"。

他是郑板桥，"盖竹之体，瘦劲孤高，枝枝傲雪，节节干霄，有君子之豪气凌云，不为俗屈"。

他是文天祥，"人生自古谁无死，留取丹心照汗青"。

他是苏轼，"宁可食无肉，不可居无竹"。

他是疯疯癫癫的释道济公，"数枝淡竹翠生光，一点无尘自有香"。

他是岳飞、辛弃疾，他是中国儒家，"山南之竹，不搏自直，斩而为箭，射达犀革"……

他是我们身边那些还坚守着什么的人。他们懂得，浓墨重彩是一辈子，云淡风轻也是一辈子；奴颜婢膝是一辈子，坦荡潇洒也是一辈子。他们选择了后者，等于选择了物质上的清瘦，心灵的丰衣足食。

于是，这些自由快乐的心灵，站在一个孤寂的阵营里，成为人世间越来越弥足珍贵的另类，风雨过处，仰天长笑。

鱼眼

这是地球上的公历2011年3月,初春,宇宙无涯光年中无限短的一瞬。

坐在阳台上晒太阳,听新闻。我,鱼缸里的三条金鱼,脚旁的两只小狗,宇宙众生中无限小的一两粒。

新闻说——十天前的日本9级地震,已造成近一万人死亡,两万人失踪,核泄漏事故连续升级。近日,国人传染了核辐射恐慌,抢了两天盐,现在又在排队退盐,一市民抢购了一万多斤,堪称"壮"举,欲退无门。近日,多国部队对利比亚实行轰炸,造成大量平民伤亡……

鱼缸在午后的阳光下,自成一曲绿与光的绝美交响,仿佛离世界无限远——水清澈通透,水底白沙细洁,水草碧嫩柔顺。三条黑色金鱼,游弋其间,静谧,绝尘。

两只小狗窝在我脚下,打盹,或翻起眼,看鱼,看我,或互相舔舔，又接着懒。

突然，我想起，好几天没有给鱼喂食了——仿佛上帝想到了什么，一切因此而改变——

几十粒红色鱼食，均匀地撒在水面上。

第一条游在最上面的鱼发现了，急剧扭动了一下尾巴，张开嘴浮到了水面上。

第二条鱼也发现了头顶上的鱼食，从水底冲了上来，它的尾巴甩到了第一条鱼。

第三条鱼感觉到水波震动，发现了情况，猛地一转身，冲了上去。

一缸水，瞬间被搅浑了，三条鱼的抢食，搅起了沉淀在沙砾里的鱼粪便，鱼缸瞬间浑浊不堪，脏乱得让鱼窒息。

我惊诧地看着这一切。仅仅一个简单的食欲，世界便从天堂到了地狱，被搅起的粪便，像人类世界被搅起的无数欲望，浑浊的空气让人窒息。

有一条鱼显然聪明得多，吞了很多进去，可是吃太多了，又吐了出来。又去抢。另两条鱼比较笨，在同一个地方转来转去，徒劳地抢食着水和空气。其实，它们三个拼命往同一个方向争抢时，水面的另一边，漂浮着很多鱼食。

这时候，两只小狗已然嗅到了鱼食的味道，却又没有发现真正可以吃的，于是，其中一只以为我给另一只吃了独食，突然就对它翻脸了。另一只不甘示弱，冲它吼起来。两只狗扑打了一会儿，发现了鱼缸里的秘密，一齐凑上去闻，未果。然后，它俩再也没有了闲暇和亲昵，一齐眼巴巴地盯着我，做好了时刻扑上来抢食的准备。

这时候，一只苍蝇飞了进来，忽然发现自己飞错了地方，拼命想飞出去，可是撞来撞去都是玻璃窗。其实，敞开着的出口，离它仅仅一尺之遥。

太阳西斜，阳台上黯淡了下来，鱼食早被吃光了，鱼缸又恢复了澄净，一切都往平和里走。

短信来了，我查看时，又看到了前几天的那一条：

"世上最痛苦的是什么？辐射来了，盐没了；世上最最痛苦的是什么？辐射来了，盐不好使；世上最最最痛苦的是什么？辐射没来，盐买太多了；世上最最最最痛苦的是什么？人都死了，盐没用完。"

我一个人大笑，歪倒，整个脸贴上了玻璃缸，突然我发现，我的眼和一只硕大的金鱼眼仅一玻璃之隔。

鱼眼很大，没有眼睑，永远不会闭合，永远无法放松。

我知道，鱼眼看东西，靠晶状体前后移动，而不是改变晶状体的凸度，因此，鱼眼是极端近视的。有一种"鱼眼镜头"，有180多度的超大视角，然而，焦距越短，视角越大，因光学原理产生的变形越强烈。因此，鱼眼镜头里的世界极端变形。

这鱼眼，真像人类——近视，变形，不会放松。人类的一切努力,原本都为追求幸福。而当努力等同于算计、争抢、掠夺,当努力不是为了生存而为领先,当人祸烈于天灾,幸福早已不再是真正的幸福了。

刚才,我看鱼、看狗、看苍蝇时,觉得它们无比的愚蠢可笑。可是哪一个人,真正有资格笑它们呢?也许在它们眼里,人类更可笑,抑或可悲。苍蝇已然告诉我们,人类的出路,其实离自己仅仅一寸之遥,一念之间。

我起身离开,发现鱼眼仍盯着我,外星人般诡异。

地气

晚饭后，光脚走在客厅里，觉得很"隔"——脚下每一寸地面，木头不是原来的木头，石头不是原来的石头。

"出去？"我蹲下身，故意张大嘴，用嘴型不出声地问我的吉娃娃，如我所料，它愣了半秒，触电般弹起来，疯狂转圈，奔向大门，举起前爪拼命扒拉门缝。

"走！"我们出发——向同一个"不可告人"的目的地。

出了家门，还不是"出去"。先是电梯，再是一楼大厅，下台阶，走出浓树荫，到了天下——头上无遮无拦，天空又高又远，如同艰难地穿越一个巨大透明的肥皂泡，我们举轻若重，终于，到了"外面"。

吉娃娃撒开腿，蹿进草丛，抬腿，撒尿——它的目的地到了。但不是我的。我不能和它一样，离开路面，蹿进草丛，撒尿，尽管那一定很快活。

此刻，我脚下踩的，还不是土地，所有的路，都铺着地砖、石英、鹅卵石，或草坪，如化了浓妆的脸，看不到一丝丝原来的皮肤。

小区花园是一个高仿真的湿地，可是溪水泄露了人工的秘密——面色凝重、心事重重的样子。无意间，我趴在木椅上歪着头看，发现，从上面看很清的水，从侧面看漂着一层油光。

人不知道的危险，狗知道。溪流上一段长长的曲桥，棕色的原木，古朴的风格，很美，但吉娃娃每次到这儿，总是死活不肯走。我估计，它异常灵敏的耳朵一定听到了曲桥的隐隐震动，它的鼻子闻到了油漆和防水防腐不明物质的气味。它一定想，这桥不真，不牢，有毒，危险。我拉它，哄它，它才逃也似的缩着腰一路狂跑，跃到岸上。

湿地公园的中心，鹅卵石路和草坪的连接处，一小块不太引人注意的地方，我停下来——这里比别的地面略高，嵌着一个水喷头，经常有园丁使用，走过，踩过，所以，草长得稀稀拉拉，袒露着一块湿润的泥土地。

吉娃娃也停下来，望着我，唯有它知道，我的目的地到了——我的目的地，只是一小块真正的泥土地，让我光着脚，站一站。

一丝凉意钻进脚心，瞬间蔓延到每根经络，慢慢输送到每个毛孔，一种因为粗糙而温暖、因为温暖而馨香的错觉，真真实实从脚到头,弥漫开来。

　　……儿时学自行车摔到农田里,那沁人心脾的泥腥味……翘檐的老屋……后山的小溪、映山红和一座座老坟……外塘姨婆家海泥鳅的无比鲜美,沙子炒蚕豆让人心碎的香,刚出锅的小葱炒土豆,鸡鸭狗打架……黑白照片里母亲的纯美……上学路边一丛比太阳还艳的野菊花……毛竹搭的戏台……母亲亲手做的嫁衣……异乡街头飘来的家乡海鲜汤年糕的味道……泛黄的手写书稿……黑板上熠熠生辉的词语——淳朴、诚信、正直、坦荡、理想、快乐……

　　我站在原地,闭着眼,一动不动,任脑海里万水千山。被所谓的知性、成熟,以及麻木、习惯所覆盖的最本真、最简单、最美好的一切,在这一刻,全部由这一缕地气来唤醒。

　　假如四周无人,我会在草地上躺下,四周的高楼一下子就不见了,眼前只有天,看一颗星在渐渐发暗的空中慢慢亮起来,心也跟着悠远广阔起来。

　　有时和女儿一起出来,我让她也躺下,化解一下那些白天没有解开的结:孩子累学业,大人累所谓事业,这就是"文明"的代价。

　　最后,总是吉娃娃押着狗绳,拉我离开我的目的地,去往它的目的地,它的目的地比我的简单,是不停留,是奔跑,是外面的任何地方。它是一条走丢了被我们捡来的狗,它一定也有过千山万水,曾为"外面"付出找不到家的沉痛代价,但它依然喜欢"外面"。

这时候,一些窗户里传出新闻联播的音乐了。我开始惦记没看完的书,没改完的文章,或电视电脑,或电话,脑子里都是没办完的事,没理清的纠结。如果天热天冷,会开始惦记被空调处理过的空气,被冰箱处理过的饮料,被纯净过的纯净水——我矫情地追寻着那些"简单的远去",骨子里却离不开眼前"复杂的文明"。

夜里,躺在十一楼离地几十米的床上,听见池塘里蛙声轰鸣,城市里的青蛙居然也能叫得如此肆无忌惮、沸反盈天?我把窗留条缝,让蛙声进来,让自己在错觉里进入梦乡:我是最初的人类,我和大地一起呼吸,一起睡,一起醒。

与雾同行

我确实惊呆了,世界上,怎么会有这么奇异的雾?

夏夜,新安江城已卸去一天的浓妆,笼罩在淡紫色的暮霭里,富春江水流得从容而平静。晚归的船来了,偶尔闪过一道波痕。空气拂过脸颊,带着摄氏十四度的水气。那一刻,两岸灯火在静谧中次第开放,像在预示着这里一定会发生些什么。

这时,假若你是一条鱼,你便会看到千岛湖和新安江之间正演绎着一段缠绵:当千岛湖水缓缓流进新安江的心底,白沙奇雾——这天地的宠儿诞生了!她从母亲疲倦的怀里渐渐舒展开初生的身子,洁白如羽纱,缥缈如仙乐,纯净如玉石,细腻如婴儿的肌肤,远远的薄薄的一层,依偎在江面上。我真怕江边的点点渔火会把她给融化了。

人们凝神看着这神奇的景象,而雾也在远远地打量着人间,灯就是她善睐的明眸。在相互的凝视中,她慢慢长成了一米多高、丰满圆润的女子，先是从飘漾的裙裾中伸出她的脚，一小步一小步踩着绿波，羞涩地走着。风来时，雾便不再矜持，拖曳着长长的飘带，自由地舞成了一缕缕五彩屏幔，一边随着江风向我们飘来，转眼间便到了伸手可触的眼前。只见乳白的雾海与深蓝的天分出一道整整齐齐的界线，青山翠林、竹篱农舍在浓雾中时隐时现，人不知不觉就像飞到了天上。

此刻，与雾媲美的还有天上的星星，它们离地面是那样的近，就悬在人的头上，随手可摘，立体的，闪烁着奇光异彩，让人怀疑那是不是假的。雾可能是它们的老朋友了，时时往天上一跃，侧耳就能听得见它们欢快的笑声。

我在江边走着，雾也顺着江走着，好像是两个同龄女人正在并肩散步，很亲近的样子。但我总有些自惭形秽。雾是单纯的，而我却不是，有着这样那样的欲望，有着这样那样的烦恼。好在雾并不在乎，依然用她无声的语言让我感觉自己暂时成了瑶台上的仙人，忘记了俗世间的一切。

记得不久前读到过卢梭的一段关于雾中散步的文字，后来借来他的书想细读时，书却奇怪地不知去向，心里空落落的。想起类似的憾事在我的生活中似乎常常发生，比如我历尽千辛万苦爬到峨眉山金顶，却怎么也看不到传说中的佛光；几次到普陀山也没看到过海市蜃楼；一个刮台风又停电的深夜，在家乡的小楼上忽然看见窗外缓缓变幻着极亮的黄红蓝三色强光，像有什么在轻轻掠过。当时以为是闪电，也没注意，第二天却听很多人说昨晚在城东的山顶上停过一只UFO。只好想，自己是个俗人，也许神奇的事物总与我无缘吧。没有料到新安江的雾却格外的善意，据说在冬夏时节每个晴朗的日子里都能看到，让我由衷地对她生出不被嫌弃的感激。

我深信，美的东西有了善的品性，这种美才是大美。

午夜时分，一觉醒来，万籁俱寂，牵挂着雾，便推开靠江的木格花窗，见她正无比恬静地仰躺在星空下，也已睡去，无意中把山山水水勾勒成了一幅淡淡的水墨画。

太阳升起时，她便会死去。

雾来世间一趟留下美好，人来世间一趟留下点什么？

第三辑

人世间有一束光

会有一个孩子,吃下这棵麦子上的果实,果实转换成他的血肉和骨骼,然后,他也慢慢长大,成熟,成家,立业,生子……于是,大地繁盛,生命生生不息。

水在滴

冬至。有两种水声。

中午十一点半,人走空了,都吃饭去了,捞纸房像被突然摁进了寂静的井底。

泥地上站着一些正方形的阳光,是从木窗跳进来的。捞纸架的枯毛竹上,站着一些细碎的阳光,是从顶棚的瓦片间跳下来的。还有一束光柱从两扇旧木门间挤进来,浮沉着几粒灰尘。冬日的阳光意图明显,想驱逐捞纸房的阴冷,却将原本的幽暗衬托得更加幽暗。

六十岁的捞纸师傅徐洪金回家吃饭去了,出门时,遇到了八十三岁的老捞纸师傅,高声交谈了几句。

侬好伐?

阿拉蛮好个。

老师傅早已不再捞纸,徐师傅便成了作坊里年纪最大的捞纸师傅,也是最瘦的捞纸师傅。他个子很高,进出低矮的捞纸房,不低头的话好像会碰着门框。因常年在纸坊里劳作,使他看上去与常年在地里干活的农人们的肤色截然不同,哪怕喝一口酒,也会看得出脸红。他灰白的头发软软地紧贴在头上,像常年不见太阳有点缺钙。

四十五年来,除了过年放假,朱家门村的田埂上每天清晨五点钟就会出现他高高瘦瘦有点儿飘忽的身影。中午十一二点,田埂上又会出现他急急赶路的身影,腰间通常还戴着围裙,听得到他跟人打招呼的声音,呵呵呵的笑声有一点点尖细。傍晚七点,田埂上会再次出现他的身影,相比清晨,干了一天的活后,他的步子明显慢了,腰板似乎也驼了一点。

有两种水声,在午后空旷的寂静里,缠绕,回响。

第一种,滴答,滴答,滴答……如秒针,不急不慢,不变的节奏和密度,这是榨纸声——徐师傅上午做的几百张湿纸,在杉木砧板上,摞成一尺多高、质地如年糕的湿纸垛,得用千斤顶顶压,好把水榨出来,半干的纸在晒纸房里经过晒纸的工序,就成为一张真正的元书纸。

顶压榨纸时,水顺着纸垛边缘滴下来,滴在铺在底下的竹帘上,迅速汇集在竹帘的四角,滴落在青石板上。滴答,滴答,滴答……让人想起赤脚踏在青石板上的脚步,想起南方屋檐下慵懒的雨滴,想起小满时节前三天的山林,嫩竹拔节,万物萌动。雨滴在每一棵竹子的头上,被它们吮吸进身体,满山的嫩竹——元书纸的前世——的身体里,便流动着雾岚的气息,草木的幽香,覆盆子的酸甜,笋的鲜涩,流动着砍竹的当当声,竹子顺着坡道滑到山脚的哗哗声,杀青的唰唰声,砍竹人的咳嗽声,路过的山民呼出的烟草味,他或她的汗味,饭菜的味道,家的味道,年的味道……一棵竹,裹着整个山林的日月精气,一张元书纸的胚胎,在滴答声中渐渐成形。

另一种水声,是流水声,像婴儿的呼吸那么细弱,又像婴儿的哭声那么清亮。它来自幽暗的捞纸房某个更幽暗的角落,那里蹲着一只装满纸浆的槽缸,水从槽缸里溢出来,无声地溢过发亮的棕黑色缸沿,匍匐进地面,匍匐进比地面更低的某个通向屋外的暗沟或缝隙时,发出了几乎难以察觉的流水声,被午后无边的寂静像扩音器一样扩大了。水声泠泠,像由远及近的银铃声从云霄洒落大地。

这两种水声,在此地,这个叫朱家门村的地方,已经回响了一千多年,也许更久远,冬去春来,世事更替,水声从未停息。改变的,是水声渐渐从繁密到稀疏,到朱中华深深忧虑得再也听不见。

此时,在朱家门村的另一头,徐师傅端起了饭碗,用那双在纸浆水里浸泡了四十五年的手。比白纸更白的手掌,已看不出掌纹和指纹,老茧连着老茧,有些地方已经开裂,又被纸浆水浸泡得更白。这双手,放进发酵捣烂的竹纸浆里,不细看根本分辨不出来。

已经不痛了，但很怕冷。数九寒天时，一天十几个小时，在结冰的纸浆水里进进出出，冷到骨头里的冷。

冷了，就往电饭煲热水里蘸一下，暖和一下再做。冻得实在受不了，就到旁边晒纸房里躲一躲，再做。

痛的是肩膀、腰。一站十多个小时，一抬臂二十公斤，一天几百上千次。捞纸得用巧劲儿，抄得轻，纸太薄，抄得太重，纸又会太厚。每一张纸，重量误差不超过几克，要有手法、经验和耐心、细心、用心。

痛，得忍着。小时候，家里穷，要吃饭，得忍着。如今，老伴生了癌，一条腿一直肿着，走不了路，特殊医保办不下来，所以要靠自己挣，更得忍着。想好了，忍到六十五岁，就不做了，真的做不动了。

有一些阳光在吱呀一声里改变了形状。捞纸房的门被推开了，徐师傅回来了。中午又喝了一点小酒，苍白的脸色微微泛红，透着与阳光质地相似的温暖。

"摇头晃脑"的下午开始了。刚才缠绕回响着的两种水声迅速遁迹，代之以一些更清晰明亮的声音——淅淅沥沥叮叮咚咚的滤水声，竹架子的咿呀声，一个老男人偶尔的咳嗽声。

"摇头晃脑"是每个上了年纪的捞纸师傅的习惯，自古以来，纸乡的捞纸房都是敞着的，一个个捞纸师傅一边摇头晃脑捞纸，一边和路过的人打招呼，说笑话。《天工开物》记载的"荡料入帘"就是捞纸。

他手持纸帘浸入水浆，纸帘随手腕晃动，使浆液匀开，慢慢向前倾斜，晃出多余的水浆，那层浆膜就是一页纸。随着倾斜、上提、放纸、揭帘……这些动作的起承、转合，他低头、转头至右边又转到左边，然后点头、抬头，一气呵成。纸帘提拉出水的最后一下，他的头点得很快，像在用劲，又像在对自己说，对，对，对。

午后的捞纸房，淅淅沥沥叮叮咚咚的水声是唯一的声音。他喜欢安静，连收音机都不愿意听。

他并不关心纸是不是有生命，是不是有灵魂，他听不懂回归、传承、文化、情怀这些字眼。他不知道那些纸去往何处，纸上会被写下或画下什么，哪怕是一个沉重的嘱托，一张生死状，一个孩子的梦想，或是一个罪人的忏悔……"做生活，不管喜欢不喜欢做，总归要好好做。"这"生活"关系他一天有多少收入，关系老伴的药费，他的小酒小菜，他们平淡无奇却无比重要的日常，更关系到心里安与不安。

偶尔，他也会想，接替他操起这张竹帘的会是谁？他没有徒弟，年轻人都不学这个了。自己两个儿子不愿意学，做了别的事，收入不高，能自己养自己，他也不愿意带他们，太苦了。

刚才，穿过村庄回捞纸房时，他碰到了一群人，一个在外地做生意回家过冬至的邻居，叼着烟，眉飞色舞地说着在新马泰旅游的事。邻居以前也做纸，后来和村里大多数人一样，出去挣钱了，再也不碰纸了。徐师傅与他们擦身而过时，听到了"泰国人妖"和一阵哄笑。他一点也不羡慕，因为他和老伴一起去过普陀山，还去过杭州的灵隐。

他呵呵呵笑了几声，头也不回走上了通往捞纸房的田埂，重新将自己安放进淅淅沥沥叮叮咚咚的水声里，感觉世界又回到了他喜欢的样子。

酿泉

一

日出之时,一个小小精灵悄然潜入了山里村的每一个缝隙。它比光走得更远,潜得更深,光无法渗透的地方,它去;光无法抵达的地方,它在。

冬至后小寒前的这一个清晨,山里村感觉自己从里到外被那个小小精灵暖透了。它探身俯瞰,看见沉睡的东海已被橘红色的曙光笼罩,山崖下传来隐约的涛声。

从楚门镇山后浦15号出发,过南塘头路,进山谷,沿山路盘旋而上,看到了晨光中正在醒来的东海,又依次看到山腰上一间叫"古早"的农家厨房,一间叫"花涧堂"的民宿,一个叫"光阴故事"的据说经常开同学会的地方。那个小小的酿酒坊,就窝在庙垟塘山坳一棵巨大的香樟树下,正被那个无孔不入的精灵——蒸腾的糯米饭香笼罩。

糯米从泉水里捞出来,倒进木蒸桶时的样子,像江南临近年关的一场小雪,薄薄的,瘦瘦的,哑光的;又像屋檐下的青苔,毛茸茸的,随时被一场春雨惊醒。

半小时后,糯米从木蒸桶里倒出来时的样子,变成了江南的另一场雪,那是立春时节阳光下的积雪,停在河堤上,雪白的,厚实的,一层一层的,细看,有雪花六角花瓣一片挨着一片的痕迹,每一个极细微的镂空处,都住着一朵晶莹的阳光。

糯米饭的香气,浓郁,湿润,温暖,让人觉得熟稔、安心。它来自土地,来自阳光,本就是光的孩子,此刻,太阳向古老的山里村撒下万道金光,它与母体重逢。

炊饭,拉开了山里村冬酿的序幕。做酒人在木蒸桶底部摊上一块白纱布,倒入浸好的糯米,盖上竹斗笠,打开六点钟就开始烧的锅炉,蒸汽从木蒸桶下汹涌而上,将糯米"炊"熟,黏度恰到好处。

酿酒坊的老师头伊海伯说,要雪白的糯米,一粒坏米都不要。

酿酒坊的总管灵江叔点点头说,对,雪白的糯米,宁可贵点。

泉水在一道斜坡下面,一眼泉亘古不断,即使山下的楚门镇旱了,稻田全部开裂,这眼泉也从未断过流。浸米,洗米,炊饭,淋饭,用的都是这眼泉。

伊海伯、灵江叔等七个做酒汉子在蒸腾的热气中穿梭。蒸汽升到屋顶,凝结,雨一样滴落到他们头上,悬停在眉睫上,停不住,顺着脸上的沟沟壑壑往下淌。像蒸汽雨一样淌下来的,是七个男人的汗水。

七个海岛汉子,在热气蒸腾里默默配合着彼此,最大的70岁,最小的49岁。

二

灵江叔将铁锹斜着插进糯米饭里,用力抬起,翻倒进大木桶里。铁锹收回,在一旁的小水桶里蜻蜓点水似的浸一下,以免糯米太黏,又插进糯米饭里,如此反复,使的是巧劲,腰、右胳膊、右手腕用劲最大,从六点到十一点,一刻不停。

一桶饭一百四五十斤,一锹约十一斤,一桶饭约十二锹。深蓝色的工作服上,汗水印子从脖子后面往四周扩散。没有人说话,或许有,他耳朵有点聋,听不清。

个子最高的做酒师傅全于,用带把的小水桶从地上的大水桶里舀起泉水,淋在糯米饭上,要五桶半冷水。然后从温水桶里舀起温水再淋四遍。必须是五桶半冷水,温度是否刚刚好,关键在那个半桶。他个子高,拎起水桶像拎小鸡一样,看起来挺省力,喧嚣的蒸汽声里,却听得见他的气喘吁吁。

米好水好，还要手艺好，最要紧的在拌曲。

上午九点钟的阳光照进酿酒坊，落在十几只巨大的褐色发酵缸上，泛起黑亮的光，落在稻草盖子上，泛起毛茸茸的金光。一个平头壮汉上身黑色背心，下身青色牛仔裤，脚上黑色套鞋，右手臂上文着一条老虎刺青，他在巨大的发酵缸边威风凛凛拌酒母的样子，像电影的一个画面。49岁的永青伸出粗壮的手臂，像搂一个小女孩一样一把将糯米饭搂进怀里……并没有，他将绛色的酒母撒到糯米饭上，然后一把一把将糯米饭搂近自己，用两个手掌连同手腕不停翻炒、抖洒，将结团的饭团揉松，否则酒母渗不透饭会馊掉。然后，他将糯米饭从缸底一直沿着缸身搭好，用竹刷子刷平，湿漉漉的糯米饭服服帖帖的，像一群被他哄睡了的孩子。然后，他在缸底掏出一个小碗大的窝，轻轻盖上稻草盖子。

他在最后一只缸的缸底掏出最后一个小窝，轻轻盖上最后一个稻草盖子时，上午十一点半的太阳从云层后一跃而出。他抬起头，闻到了糯米饭香里夹杂着另一些香味，有麦曲香，酒香，樟树香，还有饭菜的香。

一小束极细微的阳光，穿透稻草盖某一个极细微的缝隙，潜入了酒缸内部，看见了一眼泉的胚胎。那眼泉，此刻如日出般静谧，即将如日升般盛大，日落般浪漫；那眼泉，源于远古时代树洞中变质的花果，遗落在山野的粮食，或动物的乳汁，以最清冽、最奇妙、最淳厚、最残酷、最美好的形式，潜入时光之河流淌千年，潜入人类历史的肌肤、血液、心脏、灵魂，见证甚至参与过多少风云变幻,多少沧桑传奇,多少恩怨情仇……人们爱它,恨它,离不开它。

另一些极细微的阳光,照见了酿酒坊雾气蒸腾里一个个男人健硕的半裸体,一个个曾在风浪里讨海、庄稼地里风吹日晒的身体。他们正脱下湿透的上衣,用淋过糯米饭的温水冲淋着自己,米汤从头倾泻而下,抚遍酸痛的四肢,进入饥渴的嘴。光影变幻中,雾气蒸腾,肌肤黑亮,像另一幅油画。

油画里响起了男人们的歌声和说笑声,从冬至时节到次年四五月,山里村的酿酒坊瓦片上会飘出蒸腾的热气,亦会飘出一两句嘶吼:

"九月九酿新酒,好酒出在咱的手哇……"

随之飘出的,定是一阵哄笑声。

三

水是血液,曲是骨头。月亮闲挂在大樟树上,看见小屋通往酿酒坊的斜坡上,摇摇晃晃走来它熟悉的守夜人,酿酒坊唯一的守夜人。

六十九岁的伊海伯半夜一次次爬起来听酒,听曲的作威作福,听曲的浅吟低唱。他敞着棉大衣,趿拉着棉拖鞋,红彤彤的脸,睡眼惺忪,两百步的路,他的鼻子一直使劲吸溜着。

他吸溜着所经之处的每一丝香气。从小屋到酿酒坊一百多米的斜坡上,他依次闻到了冬菊花的香,大樟树干燥的树皮香,冰冷,清冽,孤独,和春天开花时浓郁的樟树花香截然不同,和白天酿酒坊蒸腾的糯米饭香气也截然不同,他都喜欢。越走近酿酒坊,则有一种奇异的他无比熟悉的香气,如多年来他深爱的女人,牵着他的手迎他回家。而迈进家门的瞬间,他的耳朵如雷达般炸开。

他蹲下身子,将耳朵贴紧发酵缸,一个缸一个缸地听,捕捉着每一个细微的声音,是那种"节节声"——像初春打在文旦树叶上的小雨声,很细很急;像他小时候夜里到屋外撒尿,从笼子里逃出来的青蟹在灶台下吐沫;又像一个还不会说话的婴儿,嘤嘤嘤嘤哭着笑着,告诉他自己饿了,困了。

婴儿说,这缸料厚了,温度高了,难受!

他就赶紧打开稻草盖子,耙几下,把气排出去。一共二十几个缸,耙个把钟头,等婴儿们安静了,他就回小屋睡一会儿。虽然每天酒喝得迷迷糊糊,脑子里却有一根筋吊着,会准时醒来,一两点起来一次,两三点起来一次,哄它们睡。有时候,婴儿们"补吃多了",闹得太猛,"发高烧",直接泛出酒缸,水都来不及舀,他就得每一个钟头都爬起来,一夜四五遍,等酒缸里"潜实"了,他的心才安稳,天也亮了。

伊海伯是玉环岛第八代做酒人,三角眼人,祖辈从清朝开始做黄酒卖黄酒,最擅长做双缸酒,也就是第二遍加饭时,本该加水,他们加五坛老酒,味道更醇厚香甜,最适合女人和不太会喝酒的人喝，补的。从前从三角眼到楚门镇，要渡水，一家人摇着橹，船里满载黄酒过来卖给楚门人。后来，大伯和父亲先后成了楚门酒厂的掌门人，再后来，酒厂合并了，改做啤酒了。

海岛少年伊海继承了一手酿黄酒的好手艺，也继承了好酒量，十四岁时一天喝过十二斤黄酒，现在还是一天五斤黄酒，当水喝，白酒一天可以喝一斤多，没酒喝不行。从醒来到睡下，到半夜起床，他都要喝酒，一天喝十几次。喝多了趴桌子上睡，醒来又喝，但从不糊涂。他喝什么酒都觉得不好喝，就喝自己做的酒，哪里做的菜都不爱吃，鱼头牛肉都自己做。

有一次他去宜兴，酒馆里的黄酒卖35元一瓶，他品来品去，觉得酒瓶是好看的，但才七两半，舌头都没打湿，农民们哪里吃得起？回来就拉着哥们说，我们自己做酒吧。

他"一世人贪酒"，"这辈子，老酒和饭一起戒了。"

酒是他最爱，花也是。

四

现在，伊海伯爬上五米高的酿罐，打开铁皮盖，看到烟雾袅袅的酒的前身，仿佛他身后烟波浩渺的东海。

酒婴儿吐着一缕缕袅袅白汽，被山岗后吹过来的海风瞬间带走。一个多月后，酒婴儿将长大成人，变成琥珀色的、海岛少年般澄净、淳厚的黄酒。

他将目光收回，盖上盖子，看到了梯子下一只只废酒缸里的花草，都枯了，在海风里瑟瑟发抖。都是他种的，这阵子太忙，顾不上，只有一株红石榴，还结着几颗瘦弱的果子。

不做酒的时候，他种花，他将一个个废酒坛叠在一起，下面挖个洞，满上土，从山里挖点野花，问农家讨点花枝，或从家里带点花籽。他会给树们做造型，比如那棵石榴，像一只鸟，家里有一棵龙柏，他从山里挖来的，已经种了十五年，一有空，他就修修剪剪，楚门镇来人想买，他不卖，后来政府还奖励了他五千元，说是他种得好。做什么，他都要做得好。

糯米完成发酵后，抽灌到这五只巨型酿罐里，三四十日后，先是变成豆青色，再变成琥珀色，变成金黄色则最好。至于如何变成金黄色，他说不清，按照家传的酿酒"老古法"，从浸米开始，一步一步做好。他是老师头，大家都听他的。

小寒即将到来，一口装满酒的井，泛着微微的寒光，蓬勃的香气穿透寒意沁人肺腑。伊海伯手捻着酒舀三米长的铁丝长柄，将酒舀伸进埋在地下的酒井里，像从井里打上来一舀月光，抑或童年。

这是一舀新酒，他品出的却是老时光，他不知道关于酒的历史文化，他不关心老板老章他们把酒叫作玄和酒还是仙泉酒。灵江伯跟他说，传说玉环岛最高的大雷山头，从前有个和尚叫玄和，有一手酿酒绝技，后人就把他传下来的黄酒叫作玄和酒。他说行，那就叫玄和酒。他只知道，自己做的酒，不止海岛人，外地人也喜欢，不叫别的名，就喜欢叫它"山里的酒"。

　　他也不关心怎么卖谁来买，他只管把酒做好，他自己喝着有数，好酒总有人要的。

五

　　灵江叔炒钉螺时，蓝色工作服的后背冒着清晰可见的袅袅热气，在冬日正午的阳光里，显得飘飘欲仙，又有点滑稽。作为仙泉酒庄的经理，按山里村原村长老章的话，一点都没有领导的样子，只管自己做事情。除了锹饭，他还要买菜洗菜给大男人们做午饭，完了还要洗碗收拾，喂四只小野猫。酿酒时，几个老哥们也不开会，说几十年了都这么干的。的确无比默契，像他们得空时坐拢来晒太阳打打牌一样默契，像和当地山民一样默契，敞着仓库，也从没人会来偷酒。

　　男人们洗好澡在小屋对面的大樟树下聊天，等吃饭。来不及洗澡的灵江叔先炖上排骨插上电饭煲，再起油锅炒菜。用的是泉水，吃的是男人们自己种的大白菜、盘菜，还有从山下带上来的鸦片鱼头、钉螺、龙头鱼，还有老章特意去栈头码头买的刚下船的梭子蟹。喝的自然是自己酿的黄酒，一坛一坛码在屋脚，一直码到伊海伯的床头。

　　自称"吃饭第一"的伊海伯，已就着昨天中午剩的螃蟹脚喝上了。

十一点二十二分，背上仍汗气蒸腾的灵江叔冲着大樟树喊，吃饭啦！

窗台外的一只母猫和三只小野猫闻声喵喵叫了起来。

六

胳膊上文着老虎的永青递给我半酒瓶盖子酒汗。70度的酒汗。

舌尖被小小地辣了一下，从舌根到食道到胃，一股热流一路山呼海啸，如山里的日出，从初升到辉煌，只用了一秒，一秒后，人进入难以名状的仙境。

"酒汗"，酒的精华，酒蒸气凝结而成。煮酒时一根管子通到一个小陶缸里。永青他们煮了一万瓶黄酒才积聚成一小瓶，度数很高。温州瑞安有专门做老酒汗的，在晚清时曾被列为贡品，出酒量仅百分之一。闻之，清洌醇芳，喝之，口鼻生香，通筋活血、清心祛邪。

煮酒也叫煎酒、榨酒，还是这七个男人，"一条龙"。整个下午，整个山里村笼罩在浓郁的酒香里，直到傍晚时分，男人们坐车到山下，回家。

老章时常羡慕把日子过得"像蜜一样"的这帮老哥们，又恨他们啥都不着急。老章不做村长，做物流了，放不下酿酒坊。老章想在楚门和沙门菜场门口开个卖酒的店，把山里村的好酒和好山水一起分享给更多人。

做酒的男人们不关心他的想法,也不关心环保的事、卖酒的事,都他一个人操心,他有时觉得自己就是他们的保姆。这帮大男孩只管"一老一实"把酒做好,还不听他的,比如死活不肯加任何添加剂。伊海伯说他的手艺能保证把糯米自身的天然色素释放出来,他的酒,有世界上最漂亮的颜色。

老章走上斜坡,踏过大樟树覆在地上的影子,听见了永青的大嗓门,然后听见了男人们暄腾的笑声,正在老去的男人们,快活得像一群少年。

他想,日子不就应该这个样子吗?

蚕花记

一

农历三月，我想养一张蚕。一张蚕的意思是一张蚕种，能孵出两万八千六百条蚕，它们在桑叶上发出春雨打在万物之上的声音，呓语般缝合着来自寒冬的每一个伤口，吐故，纳新，愈合，生长。

南中国第一场盛大的蚕桑农事，即将从一根鹅毛开始。湖州南浔善琏镇浪池兜村6号，70岁的钟水英在梁间雏燕的呢喃声里，轻轻捻起一根鹅毛递给了我。这根鹅毛已经用了七年，和千百年来湖州大地上无数蚕农用的鹅毛一样，是人与蚕耳鬓厮磨一个月的第一个工具，而早于鹅毛接触它们的，是女人们的胸脯——她们将比油菜籽还小的蚕子们捂在胸口，用体温孵化出头发丝般柔弱的一个个小生命,再用鹅毛轻轻扫到蚕床上。清明暖种,催青点青,如火如荼的蚕桑农事便在被誉为"世界丝绸之源"的湖州大地上无声开启了。

一只雨燕穿过阳春三月,依次穿过麦花豆花油菜花茼蒿花一阵阵蓬勃的香气。钟水英坐在雨燕经过时留下的香气里,依次将团扁、蚕箪、轧叶墩、桑叶刀、草龙茧等一一取出,心里惦念的是两种没有一丝香气的花:桑花和蚕花。

桑花模样普通,毛茸茸的,神奇的是,洁白的花蕊黏附在绿色花柱上,像极了一条条幼蚕。半个月后,从古诗词里走来的"柔桑"——一片片幼嫩的桑叶便开始非凡的旅程了,它们最终化为五分之一头发丝粗细的纤纤蚕丝,一路诉说着"湖丝衣披天下"的千年传奇。

蚕花,则是用彩纸或茧子、绸帛做成的花朵。从前,蚕桑是人命关天的头等生计,从拿到蚕种,孵化,分床,一眠二眠三眠四眠,终于等到吐丝作茧,到摘茧子卖茧子,一个月蚕农们几乎不眠不休,提心吊胆。对土地和未知的敬畏,使养蚕人家格外谨慎,养蚕时不喜来客惊扰蚕宝宝,女人头上便戴一朵蚕花,是提醒,也是讨个彩头,祈愿丰收。

自古以来,剪蚕花、戴蚕花、扫蚕花的"蚕花庙会",成了蚕乡最隆重的节日。清明节前后,天蒙蒙亮,蚕乡的男女老幼们便徒步出发赶往大小庙宇祭拜蚕神,人山人海,你轧我挤。迎蚕神、摇快船、闹台阁、拜香凳、滚龙灯、翘高竿、唱戏文、扎蚕花、敲棉兜、拉丝棉,其中,最让万众瞩目的,是"蚕花姑娘"撒蚕花、祭蚕神。

此时,清明前日的湖州,离蚕子"发芽"还有二十来天,新市、含山两地的蚕花盛会就像一个冒号的两个点,又像两粒小小蚕子,萌动着千年盛事。

人们把赶蚕花庙会叫作"轧蚕花"。

二

一只雨燕在湖州德清新市古镇的水巷间低回,25岁的蚕花姑娘徐哲阅抬起脚跨上蚕花庙会十六抬大轿时,恍惚有一种出嫁的感觉。她的眼前又一次浮现了记忆中那个熟悉的场景,耳边响起了一个约定。

昏黄的灯光从祖母身前透过来,给她镶上了一层淡淡的柔和的金边。祖母驼着背,戴着厚厚的老花眼镜,安静又仔细地剔着头发丝般缠在一起的幼蚕,这是一年中祖母神情最专注的一刻。在徐哲阅的记忆里,蚕桑是人世间最美好的事物,蚕花会是人世间最美好的节日,蚕花姑娘是人间最美的女子,她曾跟祖母说,长大了也要当蚕花姑娘,给奶奶留好多蚕花。然而,时光带走了祖母,也渐渐带走了故乡一些老底子的东西,但多年来,无论她留学日本还是就职上海某互联网公司,总听到故乡有一个声音在呼唤她,回来吧回来,于是,她回到新市竞选蚕花姑娘,一路经历海选、复赛、总决赛,很累很累,为的不仅仅是与祖母的那个约定。

从《诗经》到范成大的"侬家今夜火最明,的知新岁田蚕好",从杜甫的《丽人行》到李商隐的"春蚕到死丝方尽,蜡炬成灰泪始干",从敦煌壁画到宋末元初程棨的描绘湖州蚕织户自"腊月浴蚕"开始到"下机入箱"为止的养蚕织帛整套流程的《蚕织图》,到元代赵孟頫的《题耕织图二十四首奉懿旨撰》,从《清明上河图》到《兰亭序》……古往今来,人们对丝绸的爱化为了人类文明长卷上一个个美丽的文化印记,土生土长的徐哲阅虽只是一个小小的设计师,但痴迷汉服和传统文化的她也想为家乡做点什么。

雨燕低回,蚕花姑娘们将蚕花连同默默的祝福一起撒向人山人海,徐哲阅看到了蚕桑之祖嫘祖娘娘的微笑,看到祖母灯光前轻扫鹅毛的背影,鼻头一酸,但她忍住了泪。

丝绸无与伦比的美妙触感,穿越五年的时光,至今滞留在25岁印度尼西亚姑娘罗慧芳右手拇指与食指之间。柔滑,神秘,清凉而又温暖,像母亲的黑发。

此刻,她趴在新市古镇街角的二楼窗口,看蚕花盛会的巡街队伍慢慢移近。眼前飞过一只雨燕,并未打扰到她的视线,也未打扰到和她同来的浙大汉语国际教育学院的留学生们,他们一声不吭,沉醉在东方古国最美的景象里,让罗慧芳想起了一个同样美丽的场景：五年前，在香港一个商场里，她第一次触摸到丝绸，无比绚丽的色彩，柔中带刚的光泽，她只在古装电视剧里见过。她想，但愿有一天，我能拥有一件中国丝绸旗袍。

此刻，不同肤色的同学们围着桑叶茶团团而坐，谈论着和他们同龄的蚕花姑娘们、舞桑叶龙的小伙子们。埃及的张若蓝、波兰的莫莉卡、韩国的瑞满、塔吉克斯坦的郝运、喀麦隆的"坚持往前走"——大多来自"一带一路"沿线国家的年轻人们眼神发亮，无比兴奋。眼前的东方古国，就像一方丝绸，绚丽多彩得无论他们走到哪里都会被惊艳到。这里的同龄人，做的事有意思，且有意义。

岁月深处，驼铃声中，先人们在漫天风沙中相遇，在如水月光下围坐篝火。一匹匹至柔至刚的丝绸，化为草原丝绸之路、沙漠丝绸之路、海上丝绸之路，如同一根根火热的血管、柔韧的神经，一条条强健的脊梁，一道道深情的目光，匍匐蜿蜒，驰骋纵横，输送着、交融着、发掘着无尽的物质和智慧。两千年以后的春天，当几万张蚕种沿着"一带一路"从水乡走向中亚、西亚及更远的远方，25岁的罗慧芳们与25岁的徐哲阅们如同他们的祖先在丝绸之源相遇了，古老的缘分在目光轻触间，焕发了一种新的意味。

三

大运河流经古老的湖笔之乡善琏，依偎在含山脚下，像一只幼蚕轻轻衔住一片柔桑。在含山村水木桥5岁男孩沈星辰的眼里，有着一千年历史的含山蚕花盛会，是明晃晃的阳光，明晃晃的笑脸，还有舞台下一阵阵明晃晃的爆笑声。

寒露宝宝小星辰愣在舞台上，忘了接下来的舞怎么跳。二十四个蚕宝宝穿着连体连帽白衣裤，披着画有二十四节气图的桑叶披风，憨态可掬。小星辰严肃地想了几秒钟，忽然醒过来似的跟着小伙伴继续跳，却把桑叶披风掉在了台上。人们又一次哈哈大笑。他喜欢奶奶养的蚕宝宝，他喜欢当蚕宝宝，老师说，二十四位蚕宝宝分别代表二十四个节气，寓意着"蚕花廿四分"双倍好收成，老师还说了两个他听不懂的字"传承"。

多年以后，他也许会忘了自己出糗的这一幕，但也许会记得2019年清明节漫天的风筝，烂漫的蚕花，热闹的"窑里吹打"，鱼贯而过的蚕花姑娘和抬着"利市头"、鸡、鱼、蚕茧、丝绸、蚕花等吉祥物的祭祀队伍，还有人群外树荫下的顾爷爷，他踏着一百年工龄的缫丝车，三根洁白的蚕丝从翻滚着的蚕茧中射出，光线般细而亮。

甲骨文中的"桑"，生动描摹了桑树枝叶繁茂、向上生长的形态。从空中俯瞰，2500多岁的桑基鱼塘像一张巨大的桑叶，匍匐在南中国大地上，而从大地仰望，会发现所有年轻的桑树都长成了奋不顾身的模样，直直的枝条，整齐的簇簇新叶，向着同一个方向俯冲，仿佛就为了便于人们采下。"60后"湖州女子徐敏利将一杯桑叶茶、一杯烘豆茶端到了我面前，说，湖州待客有三道茶，还有一道是女婿来时的糖蛋茶。而每当蚕茧丰收，亲朋好友间还要送"蚕婆汤"，"汤"里有枇杷、黄鱼、茶糕、蹄髈等。

土生土长的徐敏利三姐妹，从"卖鱼的"变成了"让大家跟着我，有鱼，能渔"的桑基鱼塘保护与传承的践行者，期间滋味正如我手里用桑叶桑果做的糕点，酸甜里有深藏不露的清苦。起源于春秋战国时期的湖州桑基鱼塘系统，是古代先民创造的一个无比智慧的生态循环系统，洼地变鱼塘，塘泥作塘基，塘基种桑，桑叶喂蚕，蚕沙养鱼，鱼粪肥塘，塘泥壅桑，养育了太湖南岸一代又一代人。从前，人们造房子娶媳妇全靠蚕桑，而今，"植桑养蚕"正快速退出农民的生活，蚕桑收入基本只当零用钱了，但桑基鱼塘上仍是一番蓬勃的景象，原因是"有人"，有既有现代意识又有传承意识的人，有年轻人，因此，这份"全球重要农业文化遗产"上，不断添置着新的财富：丝绸历史文化馆、农业文化主题公园、鱼文化节、缫丝智能化、"互联网＋""丝绸＋"文化体验、设计感极强的自主品牌等等。蚕桑农事以"文化"的方式，融入了更多人的生活，这个"更多人"，不仅是农村人，更多的是城市人、外国人、年轻人、孩子们。

桑基鱼塘不远处，有一个集丝绸产业、历史遗存、生态旅游为一体的湖州丝绸小镇，一群孩子在博物馆的穹顶下席地而坐，巨大的蚕茧状椭圆形立体屏幕上，正演绎着蚕的一生。穹顶下，不时响起沈星辰们的喊声：妈妈，我也要养蚕！穹顶下，还将响起全国乃至全球丝路论坛的掌声，世界会聆听到丝绸之府的新声："万物得其本者生，百事得其道者成。"

荻港渔庄门口，屹立着一棵一百岁高龄的桑树王，它率领着枝繁叶茂的庞大家族，在时光的褶皱里，萌发着如火如荼的朵朵新绿。

四

晶莹，圆润，漆黑。如菜籽来自沉默的大地，如婴儿蜷缩于幽暗的子宫。

爱芬轻轻打开竹笼上一块米色的纱布，让我看薄纸下隐约可见的蚕子。这是清明节午后的善琏镇宋古桥，我没想到一张蚕种只有半本书那么大。米色的薄纸上印着"宝宝蚕种，蚕种至宝"，下边印着生产单位、经销单位、许可证号和批次"秋制R"。

在母亲般的呵护下，两万八千六百多条蚕即将在十天后出生。十天后的上午十点左右，爱芬会将当天上午采摘的桑叶，选用适熟稍偏嫩的切好，撒在蚕种纸上，等蚕蚁慢慢爬到桑叶上，将它们连同桑叶倒在蚕座纸上，用鹅毛轻轻摊匀。

爱芬所在的合作社的桑叶地里，一种新的草本桑——桂桑62号刚刚发芽，在阳光下，如强光穿透翡翠。这是一种奇特的桑树，只有草那么高，用机器收割，唰唰唰像割草一样，可以养十几批蚕，是蚕桑从传统转向现代的经典标本。

"谁家寒食归宁女，笑语柔桑陌上来。"旧时光里的蚕桑农事无疑很美，但我觉得眼下的更美，它渐渐卸下了沉重和艰辛，长出了轻盈的翅膀。从前，有几双采桑养蚕的粗糙的手，有缘触摸丝绸这一人间尤物？而时间来到2019年，一切早已不同。

离宋古桥不远的潞村，钱山漾遗址静静隐匿在一大片桑树林和油菜花中。在出土的人类最早最完整的家蚕丝织品的农田里，我久久伫立，耳边响起了世界上最美妙的两种沙沙声：春雨，春蚕。五千年前，神奇的北纬30度，先民们偶然发现了天虫吐丝的秘密，从此，世界丝绸之源牵出的一根纤纤蚕丝，一头连着春雨，一头连着驼铃；一头连着中国，一头连着世界；一头连着历史，一头连着未来。此刻，一条天蚕、一片柔桑从历史深处传来的窃窃私语，正沿着新的时光之河，浩浩汤汤，一路获得越来越多、越来越响亮的回应。

我与70岁的钟水英相约养300条蚕，用它们吐的丝绣一方丝巾。丝巾是大红的，丝线染成金黄，让我的女儿绣上第一针，然后从杭州开始一路传递，向上海，向南京、北京，向长江黄河，向雪域高原，向海峡两岸……我想邀请朋友们的儿女每人绣上几针，绣满五颗星星。我想把它送给我的另一位母亲，今年十月，是她70岁的生日，她还很年轻，很美。

有一张纸

"你叫什么名字?"一个女人问。

"泉林。"一张纸回答。

初夏,清晨,一个巨大的造纸厂里,她用双手捧起一张米色的纸,在心里问它,如同问一个刚满周岁的婴孩。

这是她见过的最奇特的纸。不是见惯的雪白,而是本色的。不是森林做的,而是废弃的麦秸做的。

她看着它,看到了一缕淡淡的清香,从米黄色的纸面上袅袅升起,如她早晨看到的那一层薄薄的雾气,从齐鲁大地无边的麦浪上升起。然后,阳光渗进雾气,蒸腾起温暖的清香,就像这张纸的味道。其实,她知道,这是她的错觉,其实,纸,并没有香味。

这张本色的纸,躺在她手上,素净,妥帖,安静,甚至,仿佛是幸福的。

其实,一开始,不是这样的。一开始,当它还是一棵麦子的时候,它就在抗拒自己成为一张纸。因为,成为一张纸,会失去清白,失去作为一棵麦子的本分,更可怕的,是会制造污染,背上骂名。它生是麦子,死也是麦子,这才是好的归宿。

在被运往造纸厂漫长的路途中,它凄凉地回顾了自己短暂的一生。

麦苗的青涩、单纯,犹如昨天。活着的每一秒,是为与阳光相爱。爱,与心机无关,与功利无关,它只知道想爱,只知道一直向上长,跳起来长,就能离它热爱的光亮更近,别无他求。

然后,有一天,它的身心终于圆满,沉沉的麦穗、锋利的麦芒,都意味着它已成熟。它懂了,原来,它的长大与成熟,不仅仅是它自己的事情,而是关乎这片土地上无数生命的延续。会有一个孩子,吃下这棵麦子上的果实,果实转换成他的血肉和骨骼,然后,他也慢慢长大,成熟,成家,立业,生子……于是,大地繁盛,生命生生不息。

于是,它坦然等待麦粒从身体抽离的刹那,一下子,它从麦子变成了麦秸,一下子空了,像一个空巢老人般,开始计算自己最后的岁月。一般来说,有这样几种结局——粉碎,焚烧,渥烂,总之,都是变成肥料,重新归于土地。如果真是这样,也挺好,它还是它自己。

但是,如果变成一张纸,那一定会在无法预知的辗转里,失掉什么。失掉什么呢?

白纸，忘了竹简，远古时毛笔尖落在身体上的柔软力度。

纸巾，忘了手帕，和手帕上皂角的香。

电脑，忘了书写，和流转在一笔一画间水墨的韵味。

空调，忘了竹篾席子上清凉如玉的夜色，和纸扇上拂动的月光。

网络，忘了千里家书，和羞涩的脸红。

缝纫机，忘了细腻的绣花针脚，和那午后春光里兰花指撩起的一缕秀发。

电饭煲，忘了柴火铁锅的焦香。

……

在麦秸成为白纸的过程里，必然也会忘记什么。不明就里的化学品、漂白粉，像一波一波文明的潮流，一漂过，便漂去了本色、传统，意犹未尽的种种情怀丧失殆尽。一股股有毒的黑液，所到之处，鱼虾绝迹，草木荒芜，臭气熏天。像一个人，走过了五味杂陈的人生，不再认识自己。像一代一代人，离月球、太空越来越近，离自己的心越来越远。

而它，原本是金色的麦秸呀，它多么希望自己最后仍然是金色的，哪怕，是和草纸一样的颜色。

所幸，它是泉林的麦秸，它没有想到自己在成为一张纸的过程中，走了与它的想象不一样的路。

它被运往造纸厂，没有被渥烂，没有被漂白，没有流出黑液。草浆造纸黑液污染这一历史性难题，已被这里的聪明人攻破。黑液转化成了养育花草果木的有机肥，棕色的污水经过净化，变成了可养鱼、灌溉的生态水，工厂大门外，芦苇遍地，一群红鱼游在清澈见底的水里，如游在镜子里。

就这样，一门齐鲁人以智慧独创的工艺，让一棵麦秸幸福地走完了一生，又经凤凰涅槃，此刻，像一个重生的婴孩，躺在她的手上。

其实，出生的那一刻，它是自卑的。它一出生，便面对一些诧异甚至略带嫌弃的目光，它不是雪白的，而是米黄色的。黑色的字落上去，字仿佛穿上了旧衣服，有点暗淡，不光鲜。字嫌弃它，嫁错了人一样委屈哭泣。

可是，更多的人看见它，会看到比"本色"两个字更宽广深远的意义，会由衷地心生欢喜。这一张与众不同的纸，多么珍贵。

2013年初夏的一天，一个女人摩挲着它，欣喜地问："你是纸吗？""是。""你叫什么名字？""泉林"。

"泉。林。真好。"她在心里说。

她不知如何才能更亲近它，便在这张纸上写道：2013年6月15日，泉林，你好，我来了，我在。然后，她把一个女人画在纸上，就像，她把自己安躺在一张本色的纸上，如安躺在她走过的四十多年的岁月里。那一刻，她与这张纸惺惺相惜——多年来，她一直如同麦秸珍爱自己一样，珍爱属于她自己的"本色"。她为它骄傲，亦为自己。

不管什么，最后总是要死的，活着的过程，其实也是一个死去的过程，怎么活法，就是怎么死法。从麦秸到纸，有截然不同的过程，结果却大相径庭，大有讲究。

2013年初夏的一阵清风吹过，一张纸轻轻飞起来贴上了一个女人的脸，像一个知音的拥抱。

有一束光

中庭的那束光,他观察了三年,包括光的时长,驻留的位置,移动的方向。

光最先落在四楼顶层天窗的一小块玻璃上。从上午九点到下午三点,波浪般铺卷蔓延至三楼、二楼,直至一楼的中庭,从半面墙那么宽,到窄窄的一条。光最后落在他工作台旁的白色靠背椅上,消失在悄然而至的黄昏里。

天窗像一个漏斗,光顺流而下。光,有时并不是阳光,有时是还算明亮的天光,有时只是雨滴映照的微弱光亮,有时是更微弱的月光,或星光。按照这束光的走向,三年里,他自己设计自己装修这幢租住的房子,反复调整着家具和各种植物的摆放位置,安置自己发呆以及两只狗、二十多只加菲猫晒太阳的地方和他研制精油蜡烛以及教授美学课的工作空间,创造了一个最适合他自己的家,或者说创造着一份与自然有深度联系的生活方式。

人们叫他"生活家",而他说自己只是"尘有心",一个未到而立之年的大男孩。

阳光落到三楼南面的大房间,铺满了整整一地。这个阳光最充足的空间,他让给了猫们。最多的时候,有二十五只猫,都是一家子,最初是两只,自由繁育了一代又一代,而今四代同堂,每一只都是他的心头肉,每天早上起来第一件事,就是喂猫铲屎。此时,那只名叫"福气"的猫,正跳上大沙发,对着天花板上的一只飞蛾发出"咔咔咔"的叫声。其他猫蹲在散尾葵花盆里,躲在他的衣服堆里,更多的窝在沙发上晒太阳,一只出生才半个月的小猫左眼还未睁开。有时候,他也会变成一只猫,窝在他用木头搭的架空阁楼上,捧一本书,或戴上耳机,将一双脚垂在栏杆上,像小时候坐在树枝上,将双脚垂进河流。

阳光也会移动到三楼北面他的办公室,水泥原色地面,一个很大的S形办公桌,几盆他自己种的植物。以前,他常常一个人在这里调试香氛配方,猫们跟着阳光蔓延过来,躺在办公桌上晒太阳,伏在电脑上捣乱,于是他把这里也让给了猫们。

阳光落到二楼,象征性地做了蜻蜓点水般的停留。他的卧室和洗手间,保留了部分毛坯水泥,百叶窗,淋浴喷头,木片台面,原木色,白色,灰色,都是最简单的拼搭,然而有很多绿,总之要有植物。

阳光继续落,终于尘埃落定般落到了一楼的中庭——他最喜欢的领域。循着那束光的脚步,地上是白色的粗砂砾,砂砾上是低矮的木茶几和蒲团、软垫，一张可以将整个人窝进去的矮沙发，一个斗笠就是灯罩，铁丝弯成简单的几何形放上一大篷干棕榈叶也是灯罩，每一次买的鲜花快凋零时倒挂成干花，成了越来越密集的时光记忆。靠墙是一个长条形的水池，游动着水草、两条蓝色龙凤鱼和光影，错落着跳舞兰、肾蕨、木香、千年木、槲寄生，总之要有植物，还有苔藓，还有流水声。

他和朋友们喝茶，聚餐，讨论，喝的是他的故乡温州自己家茶山上生产的白茶。从中庭看出去，会看到院子里他从乡下搬来的打谷车、石水槽，他种的蚂蚁绣球、地中海橄榄树、柠檬树、菲油果树、飘雪花、菖蒲、绣球、葱兰、五色梅、朱顶红、金边瑞香、紫藤、肉桂、迷迭香等等。如果有狗叫声，便是有客人来了，这只叫阿呜的威玛猎犬，高大俊美，毛色是灰色带一点粉红，两只大垂耳像两片大树叶。他牵着阿呜的一只前爪往前走，将它带到笼子里，以免吓到客人。除了骑马、逛街、看电影，遛狗、养猫是他的体育锻炼方式。

他们坐在中庭的光束里聊天，像坐进了大自然里，在某些瞬间，他们不说话时，会有一种微妙的感觉，仿佛同时在一种沉默却充满力量的气息里获得了某种治愈。中午一两点的时候，他一个人窝在沙发上，在光影、水声和精油的香味里入睡，像睡进了森林，或者童年。

假如阳光可以穿透地板，最后会落在地下室——原来的摄影棚，如今的精油蜡烛储藏室——可以说是世界上最香的地下室，落在一颗颗静静等待远行和燃烧的蜡烛上。制作精油蜡烛并在网上出售,担任几家公司的美术总监,给学生上美学课、摄影课,定期举办户外野食、植物手作等活动,是他的日常,也是他理想生活的经济支撑。他将拉丁语中的"森林、自然""花神"与代表艺术与创作的"MUSE"组合,用购自世界各地最优产区的原材料,做出"提升幸福感"的蜡烛,像猫一样能治疗失眠、孤独和焦虑,"时光之轮""满月""白日梦""午夜飞行"等等,都是他自己取的名字。接下来,他还会通过气味的纬度扩展,融入音乐,比如人们扫描蜡烛包装上的二维码,就会听到来自大自然的天籁之声,比如海浪、风声或是鸟鸣。

暮春,上午十点,中庭的那束光里,我和他相对而坐。在我慕名而来之前,我正为自己、也为和他一样从英国留学回来的女儿,试图谋求着一种我们最想要的生活方式,以免沦落在日复一日、和光同尘的日子里。我想看看这束光,还想看看这束光的"背面"还有其他什么。

光落到这个叫"尘有心"的大男孩身上,他戴着一顶帆布帽子,中等个子,眉眼干净,浅灰色棉布衣亦能显现他健硕的身材。这个毕业于中国美术学院、留学过英国、成立过自己的摄影工作室、做过大学老师的年轻人,气质格外沉静。"纵吾身微如尘埃,心自宽广无限",是他的名字"尘有心"的由来。

"为什么如此执迷于打造一个与众不同的家?为什么做香氛

和精油而不是别的?你的摄影作品总是一棵树的倒影、一双手被水流冲击、一片模糊的星空,还有你一个人,寂静而孤独,为什么?这个家你的父母来过吗?喜欢吗?光鲜背后必有心酸,你也会有困惑吗?"我问了很多问题,与其说是采访,不如说潜意识里更想解自己的感。

从小,因为家庭特殊原因,他几乎一个人独自长大,寄居过不同的家庭,烙在孤独童年记忆里不同的城市、不同的人的气息,泥土、植物、自然的气息,使他对气味异常敏感。寄人篱下的感觉特别不好,所以有一个他自己理想中的家,于他特别重要。这个家他父母来过几次,喜欢却也担忧,希望他考个公务员什么的更安定些。确实,维持自己还有同伴们的理想生活并不容易,有时会因为工厂不诚信很头疼,每天要将一些乱七八糟的琐事理顺,需要一颗强大并且井然有序的心脏。而最大的困惑是,想要的永远和时间不对等,有能力实现的时候,已经错过了自己最初的那个状态。比如,他最理想的生活里,有父母同住。

所幸,每一天,他做着自己喜欢做的事,过着自己喜欢过的日子,而不受束缚,还算开心。"生活应该是去享受,而非将就。不是吗?"

此时,阳光正透过天窗落在他身后的白墙上,天窗玻璃上的灰尘被投射在墙面上产生了斑驳美丽的光影。他背着光,我看不清他的眼睛。相对无语时,我想起了一首诗——"从你的一个庭院,观看/古老的星星/从阴影里的长凳,观看/这些布散的小小亮点/我的无知还没有学会叫出它们的名字/也不会排成星座/只感到水的回旋/在幽秘的水池/只感到茉莉和忍冬的香味/沉睡的鸟儿的宁静/门厅的弯拱，湿气/这些事物，也许，就是诗。"这是博尔赫斯的《南方》，不知道他有没有读过。

"这些事物，也许，就是诗。"告别尘有心的时候，我想把这句话送给他，终于还是没有念出口。十一点，从地下车库开车出来，我看见他和一个小伙伴正从卡车上将一个半人多高、装着足足四百斤精油的蓝色大桶搬到了地上，他们一边大口喘着粗气，一边商量着怎么往小区里面搬，而我知道，他还要赶十二点的动车去上海谈项目。他原本可以不用这么累的。

珍珠梅瓶

元宵节,空调师傅来家里修中央空调。半个多小时后,空调还没修好,却突然听到客厅里"哗——"一声脆响。三脚两跳出来一看,架子上的一只珍珠梅瓶,已成了地上一堆碎片,仍带着一种飞溅的姿态。

这一天的心情,也被摔了个粉碎。

这只珍珠梅瓶,几年前价值上万元,现在已至少翻倍,是家里最值钱的瓷器。关键是,它是朋友送的,它那么美,淡绿色的,一直静静地站在那儿,像个人似的伴了我们好几年了,却在这么个好节日,毫无预兆地粉身碎骨。

从来没有见过这么笨的维修工!捣鼓了半个多小时,还找不到空调有什么毛病,居然一声不吭擅自将瓶子从架子上拿下来,随手搁在窄窄的电视机上,再从电视机旁斜着身子去探看空调出风口,袖子一扫,不摔才怪。

心疼、愤怒、懊恼，让我气得话都说不利索了："你怎么这样？！你怎么这样？！""不好意思。"他说。

"你会不会修啊？怎么连起码的操作规则都不懂？你说怎么办？！"我声色俱厉，出离愤怒。"我赔吧。"他说，声音很弱。

"你赔？好的，你赔。"我翻箱倒柜找出收藏证书，递给他："几年前是一万，现在我也不知道几万。"

他愣了愣，接过去，低头看。我这才仔细看清楚他。他大概四十来岁，高高瘦瘦，皮肤很黑，长相老实，浑身散发着汗味，一副落魄样。而且我觉得，他一定是修空调的新手，和以前来的师傅们完全不一样。

他的眼睛盯着收藏证书里的照片，眼神却是涣散的。我的心里顿时升起一种内疚感。他一定是吓坏了吧？"你给公司打个电话吧，看怎么处理。"我缓和了口气说。

几个电话来回，公司表示会赔偿损失。因为瓶子碎片和收藏证书在，是可以鉴定估价的，而且，网上随便一查，都有资料可循。但是，我听到了一个关键信息：赔偿金的主要部分，由这位修理工承担，从他以后的工资里陆续扣除。

瞬间，我犹豫了。此时，他蹲在地上，茫然地整理着工具箱。仍然是笨拙的样子。按他的反应、技术，到别的地方，他估计也难找到工作的。可以想象，他累死累活每个月又能挣多少呢？这一赔，虽不是倾家荡产，也够他辛苦很长一阵子的。但他显然是诚实而且厚道的，没有一丝推脱责任的意思。

我的心一下子软了:"师傅,你不用怕,我不会为难你的。"悄悄跟家人商量,是不是就算了?都说,怪可怜的,算了算了。没有一个人说要他赔。

我又拨通公司电话,主动放弃赔偿。经协商,公司非常爽快地答应提供五年免费的日常空调维护维修服务,并会尽量安排技术好的工人过来。电话里,我反复强调,他也不是故意的,态度很好,维修费千万不要从他工资里扣。

离开时,他连声说:"谢谢,谢谢!"

捡起珍珠梅瓶的碎片端详,心又疼起来,并闪过一丝后悔:"我是不是太亏了?"

母亲走过来,说:"没事没事,碎碎平安,岁岁平安。"

后来,再也没有见到过那位师傅。但每年一换季,公司就会主动打电话来,约定维护清理空调时间,而且派来的师傅都非常利索能干,态度也好。就想,假如,当时,我非要赔,结果会是什么呢?他赔上血汗钱,我再买回一只一模一样的珍珠梅瓶,摆在那儿。但此瓶已非彼瓶,我每天看到的,就会是一个生命的血汗和沉重,还有他对自己的悔恨,对我的怨恨。而我,一看到它,就会内疚,会自责,虽然我没有错。

而如今,当一缕缕清风从空调里吹出来的时候,我依然会想起珍珠梅瓶,仿佛依然能看到它的美,并且,它淡绿的灵魂里似乎融进了原先没有的一些什么,因而,更显得熠熠生辉。

我不亏,没有什么收藏比善与爱更珍贵。

一双手经过的

上午9点,杭州某殡仪馆遗体化妆间。

老康将我伸向他。老康将我伸出去前,先将他的目光伸出去,轻轻落在这个去世的男人的脸上、眉头、鼻尖、嘴唇。我相信,他的目光最后是落在男人的心上,如同,夕阳暖暖的余晖落在被收割过的荒芜的田野上。

我是老康的手——杭州某殡仪馆国家一级防腐整容化妆师的手。当老康为我穿上我的专属衣服——手套,我们的一天就开始了。殡仪馆最角落的房间,无比安静,只有冷柜发出滋滋的电流声,还有在呼吸的老康和我,还有不会再呼吸的遗体。老康坐在他们面前,如同坐在一个窗前,逝去的人,像一个路人经过,停留,然后老康向他点点头,他走过去,一个世界,就从老康眼前消失了。每一个工作日,从早上8点到下午4点,我们为那些失去生命的身体装殓。

  我是一双被嫌弃又被尊敬的手。不管有没有人闻到，我闻得到自己身上经久不散的一种特殊气味，这是积累了20多年的气味，洗不掉了。

  这之前的一小时，老康接待了一位女记者。他们在一棵树下相遇。这是一棵桉树，在这个殡仪馆里活了很多年，它的树叶一茬一茬地勃发，又一茬一茬地飘落，如同无数个生命在此一茬一茬地化灰化烟。他们站在树下，阳光透过树叶的缝隙，洒在他们的身上，使他们的身形愈加斑驳与迷离。老康穿着深蓝色的工作服，看上去干净，清爽。他有些瘦，他的笑容也有些瘦，转瞬即逝。

  我被他藏在兜里，老康没有准备将我伸出去和她握手，大概是怕别人会不高兴与他这样的人握手。这时候烟囱里正在喷烟，他们同时抬头看，他知道，她一定在想，现在升入天堂的灵魂，是一个妙龄女子，还是一个出车祸的少年？或者是一位寿终正寝的老人？

  我清楚地知道，我只是他身上的一个器官，我的身体链接着他的脑电波的每一次波动，心脏的每一次搏动，我的每一个细微的动作，都受着他意志的指挥，也就是说，他是鲜活的，我也是鲜活的；他是有温度的，我也有，我们血脉相连。而我们共同面对的，却是没有温度的、永远不再鲜活的遗体，甚至残缺，腐烂，面目全非。原先，他们和我们是一样的，都是活的。

  记得第一次，我抗拒着，和他的灵魂一起颤抖着。我不情愿，我喜欢那些温软的肌肤，比如，他的妻子，他的孩子，我喜欢抚摸他们，轻轻地，我能感受到一种温软的爱，在指尖与发端萦绕。我喜欢那些香味，青菜的，苹果的，都会留在我身上，或者，洗衣粉的，沐浴露的，哪怕洗洁精的，我都喜欢，我还希望，这些香味能留很久，能掩盖那些长年累月积累的挥之不去的气味：死亡的气味。

他走在人群里，人们不会认出他是做什么的。即使走在他工作了20多年的地方，匆匆而过的人们，对他千恩万谢后，潜意识里，还是会尽快忘记他。除了跟人握手，"你好""再见"也都是忌语，微笑，抹大红色口红，穿艳丽的衣服，都是禁忌，还有，不能戴戒指，即使是婚戒。

每一道程序前，老康会默默念叨："现在给你洗脸，净身……"他轻轻地说，仿佛他们听得见。

当他默默做着这些时，他的眼前常常会清晰地浮现起20多年前他第一次送别老山前线战友的情景，然后这些情景在浮动的泪光里渐渐模糊。跟他朝夕相处的指导员身中八枪，胸口被打得粉碎，班长的头颅被炮弹削去了一半，就在他身边倒下，老康已经不记得有多少次亲手抬着战友支离破碎的遗体下山。

他第一次抬时，脚滑了一下摔倒了，遗体翻过来了，脸上都是孔，眼睛瞪得好大，他吓坏了。可是那种条件下，只能一人一个塑料袋，挖个坑就埋了，头没有就没有了，破掉就破掉了，身上炸坏了就炸坏了。

痛。痛彻心扉啊。退伍复员那年，正好赶上殡仪馆招工。领导问："火葬场要不要去？"

"去的。"

老康来了，一待就是20多年。多年后，老康重返老山祭奠战友，写下了这样一段文字：29年了，满山都是盛开的山茶花，很漂亮，可是我的战友走得很不漂亮，指导员的身上被机枪打成了马蜂窝，班长的脑袋被炮弹削去了一半。他们都是20出头鲜活的生命，我站在他们的坟头，我说你们还能从地下再走出来吗。我没到殡仪馆之前总觉得这一生欠了一件事，我最想做的事，就是让死者走得漂漂亮亮。

一双手是否灵巧，其实，不是取决于手本身，而是取决于主人的智慧和爱。因为智慧与爱，老康成了行业专家，技术能手，全国先进。只要有相片，他就能恢复死者原有容貌，并能快速处理任何情况的遗体防腐，他这两项技术在全国殡葬行业中数一数二。我跟随着主人，见了很多不同寻常的遗体，也经历了许多悲痛和荣誉。20多年里，我不仅是一双手，还像一双脚一样，随老康走过国内外很多不同寻常的地方。

青海玉树，为不幸遇难的香港义工防腐整容。

海地，为8名在海地地震中牺牲的警官入殓。老康的护照是两年前夫妻一起办的，本是计划出国旅游的，太忙没有成行，却派上了这样的用场。匆匆离别，我想回去摸摸他妻子的头发，或者，搂一下她的肩膀，可是没有时间。妻子原准备晚上给他准备一下行李，而下午2点他已经动身赶去机场前往北京，在过去的两个小时里，老康全部时间都用来准备防腐设备和化妆用品，生活用品一点都没准备。临行前，殡仪馆馆长给他送来一件短袖，他才想到海地还是夏天。

2011年，温州动车事故，40个生命转瞬即逝，现场之惨烈，让老康不忍卒睹，连殡仪馆里的工作人员也不敢看，有的人看了一眼就晕过去了。自然，遗容修整的难度极大。面对家属的质疑不解和悲痛欲绝，我们一直忙到晚上8点，我觉得自己已经不是他的手了，无力得快虚脱了，麻木得接收不到他的心跳了。

那不是工作，是战斗，换来的是家属们满含热泪的"感谢"二字。在闷热难忍的手套里，累到抽筋的我，听见他长舒了一口气。

在杭州某殡仪馆，有很多和我一样的手，他们是我的朋友，尽管，我们从未相握过。我们远远互相关注着彼此，关注着这些同样命运的手，安抚着那些逝去的生命。它们有的和我一样苍老、厚实、粗糙，有的却无比娇嫩，有的还血气方刚。它们属于老康的同事，或者徒弟，甚至，女徒弟。

20岁出头的女大学生徒弟来时，老康不忍心看她从事这一行，劝她改行。但她说，几个亲戚去世的时候很难看，她就下了决心要让别人的亲人漂亮地走。动车事故，他带着她来了，她没有害怕，学得也很快，怎么样缝伤口，怎么样给死者穿衣服，等等，帮了很大的忙。只是到了晚上，她一个人大哭了一场。

年轻的男徒弟心理素质挺好。有几次碰到一些高度腐化的遗体，虽吃不下饭，但下班骑车回家，一路上听听歌，也就排解了，马上恢复到正常状态。男徒弟之前对象不好找，走相亲这条路几乎行不通。后来终于结婚了，妻子很爱他。他说这是缘分，他说这是好人好报。

华是老康的女同事，工作后的头几天，总是梦见红红绿绿的被子，发了半个月的高烧。烧退了，咬咬牙，接着干。

小区里有人知道了她的工作，会刻意绕道走，怕碰到晦气。女儿读小学，怕女儿在学校里难堪，华在家长联系单工作一栏中写的是"待业"。她一下班就会待在家里，几乎哪儿都不去，哪怕节假日也很少到亲戚家串门，怕对方觉得"不方便"，和朋友碰面，从不主动伸手，最多笑一笑。打车去单位，从来不提去"殡仪馆"，跟司机随便说一个附近的地方，下车后再走过去。

华没有想过，她这样为别人着想，却不知道有几个人替她和她的同事们着想。她也没有想过，在同一个世界的另一些地方，还生活着另一些手，那是一些有"福气"的手。它们每天抚摸的是金钱、权力、美女，它们指尖上沾染的，是纸币、雪茄、咖啡、美酒、香水的气味，这些气味有的属于它们，有的不应该属于它们，是这些"高贵"的双手掠夺而来。这些手，从来不知道世界上还有像我们这样一些"低贱"的手。他们也不会想到，将来有一天，也许我们会相遇，共同面对死亡，重新诠释"高贵"二字真正的含义。此刻，傍晚5点，杭州城西落日的余晖，透过长廊的窗玻璃照在老康如释重负的脸上。他换好衣服准备回家。空旷的走廊里,不知从哪儿传过来断断续续的新闻播报,好像在说一架国外飞机失事的消息。

每天面对死亡,死亡似乎成了朋友。老康走在走廊里,看到自己的身影在暮色里忽长忽短。他想:我没有什么梦想,有的话,就是两个字——平安。

我和老康一起,沐浴在夕阳的余晖和清新的空气里,觉得很舒服。假如一双手也有梦想,我愿意把自己变成千双手、万双手,让天下其他所有的手,都不要经历我曾经和正在经历的。

我也梦想着,每一次,老康从化妆间出来,我都能闻到一双陌生的手的气味,上来拥抱我,很温暖,不一定要说"谢谢"。

送行

河南潢川。

一个康康从来没有听到过的地名,一个本来他一辈子都不会去的地方。

此刻,午夜两点,暴雨。康康和他的宝马像一支箭,向导航地图上那个陌生的靶心飞驰。箭穿过雨,雨像箭一样向他射过来,射向他圆睁着的眼睛,但他几乎不敢眨,太快了,如果有丝毫分神,他,还有他的司机,还有后座那两个沉浸在丧父悲痛中的花样女孩,都将如砸向挡风玻璃的夜雨,瞬间灰飞烟灭。

可是,不能不快啊。八百公里夜路的尽头,是一个刚刚离去的生命,一个才四十岁出头和他一般年纪的父亲,在身体还未寒透前,等着两个女儿去送他最后一程。

生命有时像天气。一个平常的日子,晴空万里的后一秒,也许就是突如其来的暴风骤雨。在康康四十岁的生命中,有很多这样的暴风骤雨。从东海边的海岛的童年，到水上作战部队的兵，到酒店大厨，到杭城最火酒吧的老板之一，到新开的紧邻西溪湿地的某大酒店老总，他有太多故事和经历，也有过太多的伤与痛。

但是，并不是因为太多的伤与痛，才使他更加珍惜成功的来之不易，而是感恩。

康康幼时经历过一场死亡。

康康是农民的儿子，出生在东海边一个小岛上的小山村。两三岁时，母亲去山上干活，一头挑着康康，一头挑着谷子，从山上下来时，被一块大石头绊倒，坐在畚箕里的康康摔了出去，摔下了四五米深的山沟，顿时头破血流，成了一个"小血人"。

母亲吓坏了，哭天喊地起来，"像飞一样"，山上干活的邻居们几分钟后团团围在了康康身边，抱的抱，包扎的包扎，喊人的喊人，找担架的找担架，全村人都变成了母亲。这个母亲护送着康康从山上一直到山下，飞奔到离镇医务所最近的河埠头。水泥船老大二话不说，停了手里的活，将这帮山里人摇到了医院。失血过多的康康缝了十几针，总算捡回了一条命。

从康康懂事起，最常听到的就是父母轮番给他讲的这一段他记忆里并不存在的往事，每次讲，细节都有所不同，而永远相同的，就是母亲那惊恐的眼神和闪烁的泪光，还有她说的那句话，人活着，就要你帮我，我帮你，以后，不管你做什么，都要记得帮人。

康康记下了。于是康康很喜欢帮助人。有些人、有些事需要帮助，被他遇到了，他便觉得那是缘分，他无法不伸手。

哪里地震了，洪灾了，死人了，康康就会默默去捐钱，跟谁都不说。

有一年，杭州发生公交车燃烧事故，他挽起袖子就去献血。没有人知道，这个默默排着队、玩着手机的壮实男子，是一个商界的青年才俊。

这一天傍晚吃饭时，康康惊闻酒店员工天丽、天玉两姐妹的父亲出事了。大酒店开业不久，虽然他跟她们不是特别熟悉，但他一直将所有员工当弟妹般呵护。逢年过节，他会亲自下厨，为员工们炒菜，身上还穿着参加酒会的西服，戴着红色蝴蝶领结，看上去很搞笑。康康一直相信，员工们感受到的爱越多，就会越懂爱，也越愿意奉献给他人爱。整个社会其实也是如此。

河南潢川，一个他听都没听说过的地方，有一个和他一样的中年男子，四个孩子的父亲，一辈子以放羊为生，一只羊掉进了水库，他奋不顾身去捞羊。"羊没浮起来，他浮起来了。"康康跟人这样说，如他一贯的黑色幽默，眼神里却是忧伤。

两个十八岁的女孩，除了痛哭流涕别无他法。怎么办？怎么办？得赶紧回去啊！坐飞机？火车？客车？打车？都不现实，几乎没有考虑，康康说："走！我送你们回家！马上！"

傍晚下起了雨，八百公里完全陌生的路，他和司机两人做好了轮流作战的准备。康康觉得，自己的脑袋嗡嗡作响，仿佛年轻时军号吹响的感觉。

　　幸亏有导航,仿佛明灯照耀着康康送姑娘们回家的路,照耀着一个已经崩塌的家的希望,也照耀着一个老板与普通员工的生死情。

　　是的,生死情。康康知道,按农村说法,亲人的魂还没走远,越早到越好。因此,他的油门不由得越踩越重。"呜呜呜",姑娘们在哭。"别哭了!哭什么哭,我还怎么开车?!"康康暗自觉得,车开得太快了,哭是不吉利的,也让他心烦意乱。

　　姑娘们听话地止住了哭声,安静了下来。康康瞬间又觉得于心不忍。这两个孩子,回去将面对怎样的场面?将来又将面对怎样的人生?

　　夜雨飘泼,康康虽然努力让自己不要犯困,但还是走神。在车辆几乎绝迹的高速公路上,无数往事闪回。

　　而在他眼前闪回最多的,是那些鬼故事。此刻,他似乎看到了那些传说里的鬼,一直在他眼前晃,是死神吗?我在做什么?他问自己。哦,我在开车,我得好好开车,不能出事,我得好好把她们送到家。我也好想赶紧好好睡一觉啊!怎么这么远啊?!

　　康康后来跟人说,那时,唯独没有想过这样做值不值得,更没有想过回报。

　　如同日出一般,潢川收费站的灯光出现在夜色中时,已是凌晨两点。然而,还没有到。从高速公路下来到她们山里与世隔绝的家,还有一段更艰难的路。石块、陡坡、烂泥、丛草,都像恶魔般挡住去路,幸好车好,技术好,左右闪回腾挪,好不容易终于听到说"到了"。

这么穷,这么落后,让康康傻了眼。姑娘们的家里几乎连床板被子都没有,窗户都是用用过的塑料袋蒙起来的,想给他们煮碗面吃,居然也要到邻居家借。三十只羊,几乎是他们唯一的财产,而如今,却又被夺去了顶梁柱,留下寡母、两姐妹和两个不到十岁的弟妹。康康自以为见多识广,但还是被震惊了。

在一片哀号声里,康康在车里蜷缩了一夜。康康梦见自己回到了杭州,回到了他的酒吧。酒吧生意太好,每晚通宵营业,康康为员工们叫了外卖当夜宵,但老是发现垃圾桶里有很多剩菜剩饭,有的动都没动过。康康想,估计是外卖凉了不好吃,所以都倒掉了,可太浪费了呀。于是,康康请来厨师专门做给大家吃。可是,仍然有很多饭菜被倒掉。康康心疼,不是心疼钱,好好的粮食啊,为什么不少打一点?康康蹲守在垃圾桶旁,想看看到底谁倒的。一个员工过来正想将一整盒饭菜往垃圾桶里扔,康康问:"为什么倒掉?"员工说:"我胃痛,吃不下。"康康说:"好,那我帮你吃掉。"于是,在众目睽睽之下,康康把这盒剩饭剩菜吃了个干净。从此,再也没有人浪费粮食了。

康康有很多哥们,上至高干子弟下至小老乡,无关利益钱权,只因性情相投,他们都叫他"大哥"。一位兄弟问他:"大哥,你怎么几粒米都舍不得浪费,是小时候挨饿挨出来的吗?"

康康说:"我四五岁时坐在小板凳上吃饭,饭粒掉桌上,我都捡起来吃掉。隔壁九十岁的大爷看到后就跟我妈说,这个孩子将来肯定有出息。"

兄弟们就说:"三岁看老,大哥果然有出息。"

康康说:"既然一定要喊我大哥,那我就送你们六个字——先做人,再做事。人好了,就好比打麻将一起手就三财神,怎么都和!"

康康想,很多企业老板其实和他一样,并不都是喜欢花天酒地的。让他不理解的是,反而是很多从特别贫穷的乡下来的孩子,却比老板们更不懂珍惜,更不思进取。他不喜欢说教,做给他们看吧,学不学,也看缘分了。

去世的父亲躺在一副薄棺里,薄棺几乎就是用树直接做成的。寥落的一个家,也没什么亲戚来送葬。点上三炷香后,康康和司机掏出了口袋里所有的几千元钱,递给了姐妹俩。

"家里安顿好以后,欢迎你们再回去工作。"康康说。

但康康知道,她们中至少有一个人回不去了。因为那些羊需要照顾,这是这一家人的命根子。在棺材停放处不远,康康看到了一条蛇。送行的人告诉他,这条蛇特别毒,幸好你们看到了,避开了。送行的人言下之意是,善有善报。可是,善一定有善报,恶一定有恶报吗?这个世界何时公平过?这世上有多少人还生活在这样的地方,这般穷苦困顿,一过就是一辈子。

忧伤,或是惆怅。在回来的八百公里中,康康似乎什么都没想，又想了很多。想生命的无常，想现实的无奈，想他个人力量的渺小。

康康回到公司的第一件事就是召集员工开大会。他把自己在潢川看到的情景一五一十描述给大家听，当他睁着一双布满红血丝的眼睛，冷静地讲述时，他看到台下无数双眼睛红了，流泪了。后来，公司里几乎所有人都为两姐妹捐了款，洋溢在微信群里的温暖让他感动，但心里总有点什么说不出的滋味。

小时候盼望过中秋只为吃月饼，长大后盼望中秋想见嫦娥；如今盼过中秋，是为团圆，多么珍贵的团圆，是很多人家永远都不会再有的，比如河南潢川的姐妹家……康康在微信里说。

好事做到底吧。后来，康康叫潢川的两姐妹劝说母亲将羊卖掉，带着两个幼小的弟妹，全家一起来到了康康的公司，姐妹俩重新回到工作岗位，母亲做起了保洁工作，弟弟妹妹继续上学。母亲的脸色一天比一天白皙红润，见人就说，这儿这么漂亮，人这么好，难怪说是"人间天堂"。

很多时候，康康过着普通得不能再普通的日子，他喜欢在西湖边慢跑，他觉得，慢跑着也是一种幸福。一早起床，他会到楼下用手机拍桂花，然后晒到朋友圈里。朋友们惊艳他拍的带露水的桂花，光线和微距处理太完美了。他说："嘿嘿，是我拿矿泉水倒上去的。"

有人问，康康你有梦想吗？梦想，他没有仔细想过。但他最想要的，就是他和朋友们都平平安安的，不用赚多少钱，平安就好。最开心的，就是空了和好友老乡一起聚聚，每人做一个菜，然后大家喝酒、吹牛、说笑、讲鬼故事。康康写得一手好字，好友们来时，他会用繁体字写好菜谱，再亲自去菜场买菜。他穿着黑色T恤，在厨房里一手叉腰，一手颠勺，样子酷毙了。

"哎呀呀！"他在厨房叫。

"怎么了？"

"刚才一卖菜大妈那里有一堆大蒜头，我想全买了让她早点回家好了，你看你看，一剥开半堆是烂的。"康康摇头。

有人说，中国人已经进入一个"互害模式"，任何人无法逃脱衣食住行，就无法逃脱这个模式。

康康心里说："放屁！"康康相信，绝大多数的人心是向善的，有一个无形的"互帮模式"，一定的。但是，怎么样让这个"互帮模式"镇住那个"互害模式"，康康想不出什么办法。

记得从河南潢川回来那天，胡子拉碴的康康走进家门，两个孩子的笑脸像两朵灿烂的花儿一样迎上来。他忽然想，远在河南的另外两个女孩，再也不会看到自己的父亲走进家门了。他蹲下来摸摸小女儿的头，没有告诉她们这两天两夜他经历过什么，他不想让她们担心，同时他也不想试图让她们去理解父亲这一趟善行的意义。他甚至觉得，当他飞奔在八百公里路上时，对于家人，他是有罪的。

但是，如果让他再选一次，他还是会选择那八百公里的飞奔。

第四辑

一个人的漫漫行旅

我仿佛已经看见,漫山遍野的桃花,像粉色的瀑布正在往山上倒流,像一整个春天在时光里倒流,流得很慢,像日出日落那么慢,像行云流水那么慢,像如今人类唯一还保持着亘古不变节奏的心跳和呼吸。

唐诗来过

　　天姥山下,班竹村口,陆布衣接过我递给他的一杯木莲花豆腐,问卖木莲花豆腐的女人:

　　大姐,你知道李白吗?

　　我不晓得李白的。木莲花加了蜂蜜,吃了好的。

　　然后,她专注地核实着手机支付宝里我们转的木莲花豆腐的钱。她大概以为我们在找一个叫"李白"的村里人。

　　木莲花豆腐果然好喝,被初秋的暖阳轻轻裹着走了一段山路,这一杯清凉正合心意。踏上谢公古道,一张黛绿色的浙东唐诗之路地图立在道旁,曾被历史短暂悬置的巨大空间,此刻清晰地、具象地铺陈在我们脚下。

　　司马悔桥下的枫叶尚未红透,被阳光照到的一小部分,通透明亮,从黛绿色的山林背景中凸显出秋色令人惊艳的部分。另一个惊艳的部分,来自我的脚下,一些细碎的阳光正落在谢公古道石头路毛茸茸的青苔上，钻石般的光芒，被一个个脚印覆盖，又一一闪现。

这里的一草一木、一尘一土，曾一起承载过千余年前盛大的行吟，一首首唐诗、一桩桩往事、一个个传说，任斗转星移、沧海桑田，如脚底下的一片片光芒，细碎，璀璨，斑驳，如露如电，如梦如幻。从杭州至绍兴，自镜湖向南经曹娥江，入剡溪，经沃州、天姥山，最后至天台山石梁飞瀑，一条长约二百公里、方圆两万余平方公里的浙东唐诗之路，被千年时光冲刷得有点面目模糊，却依然古意悠悠。

一千五百多年前，谢灵运从京城被贬后，带领家仆几百人，从上虞南山一路披荆斩棘，伐木开径，自制前后齿可装卸的木屐，经新昌，过天台，至临海，打通了越州与台州、温州的通道。他未曾想到，他留在这条古道上的履印，将被阳光、落叶、积雪覆盖，将被纷至沓来的一个个脚印覆盖，李白来了，孟浩然、杜甫来了，卢照邻、骆宾王、贺知章、元稹、罗隐、崔颢、刘禹锡、贾岛、罗隐、温庭筠、孟郊、陆龟蒙、皮日休来了，四百多位唐代诗人荟萃沃州，漾舟剡溪，穿越古道，驰骋会稽、四明、天台三山，击节高歌，留下了一千五百多首东海般恢宏壮丽的唐诗，也留下了一条逶迤绝美的唐诗之路。

看看李白们晒的朋友圈吧——"半壁见海日，空中闻天鸡"，"雪尽天地明，风开湖山貌"（李白），"越女天下白，鉴湖五月凉"（杜甫），"漠漠黄花覆水，时时白鹭惊船"（朱放），"孤云将野鹤，岂向人间住"（刘长卿），"苔涧春泉满，萝轩夜月闲"（孟浩然）……一幅幅浙东山水绮丽画卷撩拨着世人的心魂，转手便点赞，便转发。

假如唐诗是一个人，在那段梦境般的时光里，他见证着一次次人与自然的一见钟情、深情相拥，见证着每一位诗人的狂喜、痛哭、低吟、长啸，并将他们孩子般紧紧揽进了怀里。

可是，面积仅占唐朝国土近八百分之一的浙东，为什么有八分之一唐代诗人游弋讴歌，并将唐诗之路的内涵扩及书画、音乐、哲学、伦理、民俗、经济、宗教、建筑等各个领域呢？它的魅力当然不只在山水。

这里是史前传说中"仙人所居"的蓬莱，亦是佛家圣境、道教福地，更有魏晋遗风与汉及先秦文化的深厚积淀，早被南朝刘勰赞为"六通之胜地，八辈之奥宇"。这里流传着无数美妙的神话和传说，如刘晨、阮肇天台山采药遇仙子的爱情故事，鲁班刻木为鹤的传奇，任公子钓巨鳌的寓言，支遁买山而隐的雅闻，谢灵运自制谢公屐的趣谈，石僧护城的幻境等等。因此，李白们不仅醉心于这片山水，更痴迷于寻访古人踪迹，效仿古人雅事，李白"入剡寻王许"，杜甫叹"王谢风流远"，王勃效王羲之行修禊事，于濆等效戴颙携斗酒，往树下听黄鹂之音医"俗耳"……

在这条著名的古代旅游线上，李白们的游法也是五花八门，有李白、杜甫、孟浩然式的"壮游"，有宦游、隐游、避乱游、经济考察游,还有白居易的"神游"、李白的"梦游"。据考,李白曾四入浙江、三入剡中天姥山、二上天台山、一上四明山,第一次在726年夏秋之交,第二次在747年初寒时节,四十七岁的李白奉诏入京又被放逐后,自淮南南下越中,临行前挥笔写下了传诵千古的《梦游天姥吟留别》,一句"安能摧眉折腰事权贵,使我不得开心颜"响彻天宇,在几乎每一个中国人的内心激起了涟漪或巨浪。

一条唐诗之路,不仅是诗歌之路,亦是延续着无穷生命力的精神之路,与万里长城、丝绸之路、茶马古道遥相呼应,千古遗韵在后人们的舌尖上、耳蜗里、笔尖下、灵魂深处日夜回响。

班竹村深处的尽头,是一条通往天台山的必经之路。领我们走的村里人说,以前这个村叫斑竹村,村里人日子特别苦,觉得斑竹泪渍点点,寓意不好,后来改叫班竹村了。

有人说,还是斑竹好听。

有人说,总是日子好要紧。

昨日在下岩贝村路过一家客栈,见一把旧铜锁,拴着一枚铜钱和一个绣着莲花的蓝荷包,静静躺在客栈门廊的木台子上,像是被谁遗忘了。客栈敞着大门,楼上楼下没有一个人,仿佛一个忙累了的主人,摊着手脚躺在阳光里打盹,静等着周末的又一波热闹,等城里人沿着古道上来,在此栖息一夜,看穿岩十九峰的平流雾，拍日出或日落。一把旧铜锁，一家小客栈，一碗热汤面，某个旅人面朝大山发着呆，某个瞬间，突然再次相信美好，相信远方，相信每一个生命都是一首珍贵的唐诗。

六十多岁的菊莲将一条卡其色的背带裙晾到家门前的竹竿上。我问是不是她自己的，她不好意思地笑着说，是她年轻时穿的，现在胖了穿不了了，舍不得扔。她邀请我到她家里坐一会儿，说要煮一锅红薯给我们吃，她自己种的，刚挖的，特别甜。她邀请的姿势是一边侧着身往家门口走，一边笑着伸出手像要牵过我的手。

毕竟曾是士族文化的荟萃之地，一个普通的村妇，温文尔雅，古道热肠。半小时后，红薯还未熟透，我往土灶里添了一把柴火，看火苗软软地舔着锅底，看菊莲揭开锅盖时，蒸腾的热气使她变得像一个仙女，我是她人间的妹妹。我拿着半块红薯走出她家，走在下岩贝村的暮色里，闻到了整个村庄弥漫着煮红薯、晒稻谷、晒小米、晒豆子、晒红薯干混合着的香气，听到了鸡鸣狗吠和很土的方言，还听到了一些与唐诗格格不入的名词，比如"握手言和"工作室、"微法庭""老娘舅""民宿贷""草莓贷"等等，与我们追寻的诗情画意相去甚远，却能感觉到与此时此地菊莲们的日常息息相关。

村口的空地上晒满了金黄的稻谷，几位闲坐着的老人脸上的褶皱里窝着一团一团金黄的阳光。忽然觉得，那些名词也有了某种诗意。比起奇山异水，这里的人间烟火是否曾给过李白们更多抚慰？

从班竹村的尽头往回走时，见一位白发老妪站在家门口含笑看着我们，身旁晒着两大竹筛红枣。

我问她，老人家您知道这里是唐诗之路吗？

她笑了，知道知道，你看墙上画了好多诗，可惜我不识字的。

我的母亲，每年从家乡海岛玉环前往新昌礼佛，一路向北，经温岭、黄岩、临海、天台，抵达新昌大佛寺，她从不知道自己走在唐诗之路上，走了那么多年。

年少时的我，从玉环前往杭州求学，大巴车一路向北，常于风雪交加的深夜，在天台山会墅岭下车吃一碗面，继续漫长的车程。那时，我不知道自己正走着李白们走过的路，吃着李白们吃过的面。

假如唐诗是一个人，他一定很高兴这些年自己的名字在此被频繁提起，在更远方被更多人惦记。我想，他一定也不介意自己的名字在此被乡野的老人们忘记。这个宇宙，这个星球，李白来过，唐诗来过，人类来过，但地球上所有的文明终是雪泥鸿爪，即使铭刻在石头上。每个生命都独自奋力承载着自己的萌芽、挣扎、绽放、凋零，对于乡野平凡的人们，唐诗当然可以像卖木莲花豆腐的女子想的一样，只是一个认识或不认识的普通人而已。李白是谁？唐诗是谁？他们自己就是。

繁诗似锦，哪及眼前的半点温馨？要紧的，是将日子过成一首好诗。

临走，天姥阁从事诗路研究且热爱写诗的友人夏荷送我红薯干小京生，极新鲜的丰收味道，令口颊生香。心想，来年初春新雨后，古道上会响起孩童们吟诵唐诗的声音吗？

古村心跳

一

鹅从溪边一丛芦苇后露出橘红的冠,再露出雪白的颈,再露出雪白滚圆的整个身子,然后扑腾着湿漉漉的翅膀一摇一摆向我走来,水珠在初秋上午十点的阳光下,如一道道弧形闪电。

六十五岁的福珠站在我身后说,鹅每天上午自己去溪里洗澡。我还有一只鸡。

福珠带着我,转身穿过一道柴门,让我看鸡。鸡是乌骨鸡,有暗紫色的冠,正吃着玉米。福珠说,它会生蛋,这几天热,懒得生了。

我问她家里人呢。她说,老伴出去干活了,他比我大一岁。又说,鸡比鹅大一岁。

这是九月的松阳。一千八百年前，孟子、吕不韦、陈霸先、包公、刘基、宋濂等仕族大家、英杰后裔及闽南族群先后落户于浙南山区的松古平原和高山深谷，一个个格局完整、建筑精美的村落像一片片叶子匍匐在大地之上、云端之下，成为江南的一个奇观。一千八百年后，我也像一片叶子匍匐在松阳一个个古老的村落之间，在一段段长久的静谧中聆听一些声音。

鹅的叫声，显然不是古村的第一个声音。古村的第一个声音，也许是犬吠鸡鸣，也许是柴门咿呀，也许是香火堂前谁轻轻插上一炷香后，双膝跪地的噗通声。

福珠住的敦睦堂外面，有一个指示牌，写着"江南客乡，水墨石仓"，旁边晾晒着她刚洗的衣裳。指示牌是给慕名而来摄影、画画以及像我这样偶尔驻足的游人看的，看似与福珠们的日常生活无关，然而指示牌的背后，是当地呕心沥血保护古村落的人们，他们用中医针灸、推拿般的手法修缮、改造、复活了一座座老屋，让古村的脉搏更强健、血液更新鲜，至少，一直活着。

柴火灶上有几个新鲜板栗，很脆很甜。福珠指指脚下的箩筐说，你看，刚采的，很多，拿去吃吧。福珠并不知道我是什么人，并不关心我为什么一个人在她的老屋里徜徉而没有跟着同伴们一起参观游览。她又拿起茶叶罐说，我给你泡点茶喝吧？我家自己采的茶叶。我连声说谢谢不用，捻起一片茶叶放入嘴里，嚼了嚼，有点苦，很香。

她对鹅对鸡对我的热情，大概缘于淳朴的民风，也缘于太过冷清。白墙黑瓦,翘角飞椽,曾经流光溢彩的建筑里,曾浮动着先人们的呼吸,此刻仍继续着依然朴素却比从前寂寥得多的日常。一个南瓜、两个南瓜,共七八个南瓜,依次从楼梯第一级台阶一个个堆到楼上,楼上是儿女们的屋子,平日里空着。不久以后的中秋节,福珠在城里的两儿一女会带着孩子们回来,寂寥的老屋里,会响起年轻的心跳声。

二

无声,是古村的另一种声音。

猫就这样四仰八叉地躺在"酉田花开"客栈长廊外的一张椅子上酣睡,任我怎么唤它挠它,它都不醒。我摸到它的心跳,确认它活着,肚皮上的花纹均匀起伏,确认它在酣睡。客栈仿佛建在云端,窗外有一朵巨大的白云正俯身向着山巅,另一朵更巨大的白云正俯身向它,两朵云像一条船的本身和倒影,静静停在静谧的时空。某一个刹那,我的耳朵跌入了那个静谧的时空,听不到任何声音,而其时,同伴们正与猫聊天,与客栈的男主人林先生聊天。为了给小女儿朵儿一口纯净空气,他从省古建院辞职后把家从城市迁来这里。在松阳,有许多像他一样年轻的都市人,有的来了,有的正在来的路上。

我端了杯端午茶坐到窗台边,窗玻璃外的一丛狗尾巴草朝我点了点头。清凉的端午茶,是生于斯葬于斯的唐代道教宗师、享年107岁的叶法善发明的,他天人合一、辅国功成的修身养性之道,千百年后依然如端午茶的药理,在人们的唇齿间和内心里流转。当年,他和唐玄宗聆听月宫天乐,使其得《霓裳羽衣曲》,莫非也如我此刻坐在云端之上幻听幻觉?

去一家叫"云里听蛙"的客栈吃饭时,路遇了另一只猫。它斜着身子半躺在矮墙旁一张晒着番薯干的篾帘下,一动不动遥望远山。篾帘漏下细碎的阳光,洒在它橘色的身上,像一只孤独的金钱豹,更像我自己常常幻想的隐居山乡、物我两忘的模样。番薯干是嫩黄色的,老屋的瓦片砖红色夹杂着青色,云是白的,山是青的,它是橘色的。这些色彩,在古村万籁俱寂的午后,像一群正窃窃私语的古代村民。我听见他们说:来吧,留下来。

三

秋虫的鸣叫,是夜的影子,与长夜分秒相随。

从大山深处的"云端觅境"客栈厅堂到那间叫"觅云起"的客房,要穿过山坡下的一条小径。一只许是迷路了的蚂蚱,从入夜到黎明,一直停在小径的路中间,一动不动,亦没有被人踩过。

唧唧复唧唧,不知道是哪一声虫鸣,将我从五点半的梦中啄醒。赤脚推开门,凉意和云雾瞬间将我吞没。群山静默,云海翻滚,天地间仿佛只我一人醒来,无数过往亦如云海翻滚——消逝了的童年，消逝了的青春，消逝了的无数岁月和人事，大地上正在消逝的古村，以及正在试图挽留消逝的美好的人们，包括我自己，也包括这家客栈的七个主人，他们是从天南海北聚到这里的七个设计师，像来到云端觅山觅水觅境的七个仙人。昨晚，我遇到了他们中的两个，一男一女，穿着很休闲也很时尚，安静地给客人端茶倒水，擦肩而过时，我听得见他们年轻的心跳。

群山静默，云海翻滚，脑海里响起柴可夫斯基的《如歌的行板》。人类从森林到村落，从村落到城市，史诗般的迁徙就像一首首如歌的行板。村落最原始，曾经最热闹，如今最寂寞，随着老人们相继离去，一个个村落面前仿佛有个巨大的深渊，一不小心便会被时光吞没。未来，人类还会迁徙到哪里？未来，无论是高楼大厦还是茅草屋，令家园在时光中始终矗立的，一定不是建筑材料，那么，是什么？

四

小项师傅把我做的半截扎染丝巾浸到染锅里，另半截用手拎着，大约十秒钟后，又放下一小截。

365天里有200多天云雾缭绕的"云上平田"客栈，已进入向晚时分，艺术家工作室的扎染坊里只有我和他，刚才和我一起做扎染的抗抗姐和小惠姐她们吃饭去了，我迫不及待想看到自己的作品，便央他先帮我染。

他坐在一张骨牌凳上，染锅在地上，他得一直俯着身子，看上去有点吃力，但我听到了他从容的呼吸。他说，松阳是中国绿茶第一市，我们还用茶叶做扎染，色彩很清雅。他很年轻，和云上平田的主人叶大宝一样年轻，在这深山老屋里，他们要待多久？能待多久？

叶大宝拂开夜色和如夜色般迷蒙的一条条扎染丝巾向我走过来，美得像仙女一样。她头发很黑很长，声音低柔，眼神明亮，服饰永远是红白两色的中国风长裙。她原来在杭州工作，有一天突然想回来多陪陪父母，也想做点自己喜欢做的事。这件事很简单，也很难，就是让松阳的古村里多一些年轻的心跳声。

她做到了。一个两个三个，一共13个"80后""90后"，与她一起住进了深山老屋，有的早上来晚上走，有的一住一整月，将古旧的村落变成了一个享誉中外的"云雾上的天堂"，可吃，可住，可耕种，可扎染，可看云，可摘星……身心俱疲的都市人来了，会觉得自己真能变成仙人。

叶大宝站在随着夜色愈来愈浓的云雾里与我们挥手告别时，美得像仙女一样。

五

即使夜深人静，站在松阳西屏老街，仍能听得到古往今来汹涌的呼吸声、心跳声。

松阳"70后"作家鲁晓敏站在老街的红灯笼下,为我们讲述一爿爿百年老店鲜为人知的历史细节,他是古民居保护的发起人和践行者。在打铁声、制秤声里,在煨盐鸡和炭火烤酥饼的香气里,在偶尔飘过的一两声松阳高腔里,不断有电瓶车急急穿过,有老街人驻足某家小店,买点生活用品或工具,再聊会儿天。拐角的农具店摊前,摆放着锄头、镰刀、柴刀、耙……每一种农具都在夜色里闪闪发亮,以静默的姿势坚守着什么。

松阳"70后"诗人何山川曾在诗里写道:

> 打铁的还在打铁,煎中药的还在煎中药
> 祖父在蝉鸣中酣睡
> 而雪,继续落在雪上的那个童年
> ……

这是一条活着的古街,古老的、年轻的呼吸和心跳都在,生生不息。而在老街的一条条辐射线里,摄影主题休闲园、写生创作基地、养生休闲园、大木山骑行茶园连绵起伏的茶垄间,穿梭着更多年轻的心跳。

鹅、鸡和福珠夫妻住着的敦睦堂不远处,是余庆堂,九厅十八井的巨大建筑里住过两百多族人,横梁、牛腿、窗棂甚至椅背上,都雕刻着"耕读传家"的图案,松阳无数本厚厚的家谱都无一例外记录着"务耕读"的家规。每一座老屋的中轴线上,都是供奉祖先的香火堂。祖先杳然，人们供奉的，其实是敬畏和虔诚本身……

　　松阳的古村，是中国无数古村的缩影。越来越多鲜活的心跳和年轻的呼吸，正领着自古以来活在板栗、茶叶、南瓜、稻谷里的神灵、祖先、阳光和月光，从村口归来。

夏履之履

沿着一条古道上山,并没有什么让人震撼的景色。初次见面,感觉绍兴的夏履镇像一壶温和的黄酒,也像一个爱咪两口黄酒的温和的江南人。

刚从泥里翻出的红薯,浸泡在溪水里,呈现丹霞地貌雨后的质地,薄透的胭脂红,是我见过的几乎最美的红。溪水在红薯凹凸的表面激起浪花,琉璃般的波纹里浮现一张女童的脸,她用筷子偷偷蘸着姨公的黄酒喝,脸颊飞起两朵胭脂红——是岁月很远很远那一头的我。

晨光呈现黄酒的质地,琥珀色,透明澄澈,竹林浸泡在晨光里,呈现最纯粹的绿,像一个呱呱坠地的婴儿第一眼看到的江南。往高处再走几步,晨光已长高,变成金色阳光在竹林间跳跃,如奔走着无数匹少年的鹿。

鸟鸣是这个隐秘之地的呼吸,清冽如黄酒的成色,让我想起昨夜淋到的这一年的第一场秋风，秋风从后山竹林泅过来，从夏履镇双叶村周家祠堂的雕梁画柱间流下来，又从每个人的脚底心盘旋而上，裹着越剧的袅袅之音，问候了端坐在祠堂里听戏的每个人，重点问候了《爱莲说》作者周敦颐年迈的后裔们。我用毛衣抱紧自己，想起这一天是鲁迅先生的祭日，我是应该带一壶烈酒上山的。

我们沿着一条古道上山，前往夏履唯一未通车的自然村——双叶村的叶家山顶，山不高，路有点陡，古道边有不少怪石，让我震撼的，是骡子。

第一次遇见时，骡子正在下山。从古道口望去，石阶绵延而上，隐没在高处的竹林间。随着哒哒哒哒的蹄声，古道尽头出现了一个牵骡子的中年男子，披着迷彩上衣，口里叼着一根烟。一头白色的骡子，然后是一头棕红色的骡子，再然后是三头黑色的骡子，排着队慢悠悠地从古道上下来，轻快的蹄声，温顺的眼神，湿漉漉的鼻子，轻柔的呼吸，像一群害羞的少年。这是江南难得见到的景致。它们的身后，古道蜿蜒着通向透着亮光的山顶和山顶上那个古老的村落。

早在新石器时代，夏履一带便有人类活动，后因《吴越春秋》载大禹治水"冠挂不顾，履遗不躐"而得名，有勾践"栖兵于此"的越王峥、陆游晚年"卜居遮翠岭"的车水岭等古迹。海拔四百多米的叶家山顶，则因一千多年前宋南颖太守叶石令辞官来古越龙山隐居而闻名于世，至今留存了许多遗迹，如鼓楼和下七间民居，采石造屋的一字岗，生产鹿鸣纸的作坊。传说曾有一位造竹纸的先人，常常因又累又饿在石臼旁或烘室里昏睡过去。每当此时，竹林间的梅花鹿便会呦呦长鸣来唤醒他，后人把这种竹纸叫作"鹿鸣纸"。千百年来，叶姓一族在此繁衍生息，一如他们的姓氏般枝繁叶茂。他们自己筑水库，用竹管引水到家，造纸，辟茶园，编竹筐，种香榧，种高山蔬菜、高山云雾茶，晒笋干，自给有余，也挑下山去卖，或送人。

一位久居都市的叶家山顶人曾留下过他的童年记忆，引起了无数人的共鸣和向往。他说，儿时出门有三条岭，一是倒挂岭，通向型塘、柯桥；二是干岭，通向店口、诸暨；三是双桥岭，通向夏履、萧山。倒挂岭最险最难走，他和姐姐小时候上外婆家，都是先由父亲背下去，回来时，父亲背不动，他们就爬。父亲总是说，前面有亮光的地方就到山上了，于是姐弟俩追赶着竹林斑斑点点的阳光，不时抬头仰望光亮，直到脖子发酸才到家。下雨天，小伙伴们钻进祠堂捉迷藏，偏房里放着柴草和老年人为自己百年之后准备的棺材。他们打赌躲猫猫，他躲进棺材里，小伙伴们翻遍柴草也没发现，直到他被母亲从棺材里揪着耳朵拎出来。

和无数中国村落一样，如今叶家山顶住的大多是老人和狗，不同的是叶家山顶长寿老人特别多，最高寿者已有一百岁，八十岁以上的占全部人口一半以上，秘诀呢？除了山好水好空气好，老人们有"三能"：能吃，大碗吃饭大块吃肉；能喝，每天绿茶不离身，黄酒也都能喝点；能干，天蒙蒙亮就上山割草、种地、背毛竹。

两扇敞开的雕花木窗后,九十九岁的阿婆正在灶台前切芋艿做饭给儿子吃,儿子去地里干活了。她耳朵聋了,使劲侧过头倾听我们的问话,听不清,便害羞地笑,满脸的皱褶里盛满阳光。

八十七岁的老翁腰间扎着一根布带,肩上斜扛着七根粗毛竹,神情专注地在一个斜坡上健步如飞,拖在地上的毛竹梢在山道上哗啦啦响了一路。六十一岁的叶江夫和他打了一个招呼,低头默默往山下走,他是这个村里有名的孝子,在山下上班,几乎每天都要给九十多岁的老母亲洗脚。

土灶里火光熊熊,几位老人坐在祠堂外的门廊前晒太阳,另几个老人在对面自家门口谈笑,摘菜,一只白色小狗绕着他们的腿撒欢。我坐在祠堂里喝茶,凝视阳光一寸寸在幽暗的祠堂天井里前行,看到了天黑下来后老人们披着棉衣坐在黑暗里的样子。秋风起时,雪落时,村里某个熟识的老人故去时,他们会伤感吗?会更想念外面的儿孙吗?门口经过来此寻找童年记忆的城里人,他们高兴吗?如果叶家山顶被改造得更美,越来越多的外地人来玩,甚至住下来,他们欢迎吗?

此刻,他们看我们的目光里盛着笑意,我感觉他们是愿意的。

坐在叶家山顶午后的阳光里,像被裹进了绍兴黄酒馥郁的香味里,昏昏欲睡。绍兴黄酒越陈越香,所以称"老酒",这个古老的村落,也像喝多了老酒的垂暮老人,让人担心它这一睡再也不会醒来。

下山时，第二次遇见骡子，我觉得我的担心纯属多余。

先听到从山脚传上来的哒哒蹄声，明显比之前下山的蹄声沉重很多，断断续续，像一阵阵急雨。终于，它们出现了，骡背上装满黄沙的竹筐，地球引力，山的坡度，合力几乎要摧毁它们。它来了，原本走在最后的那头小个子黑骡，昂首拱背往上猛走几步，每一步都像有千钧之力在往后拽它，它停下来张大着鼻翼和嘴，呼哧呼哧急喘几口气，又昂起头，抬起似被无形力量捆绑着的腿，挣扎着往上迈步。当我们擦肩而过，整个山谷里万籁俱寂，只听到它呼哧呼哧的喘气声，它暴突的青筋和眼珠，喷出的热气，被汗水黏在眼角的鬃毛，让我的脑海里闪过一个可怕的念头：它会不会猝死？

据说骡子合群，胆大，机警，勇敢，活泼，性情执拗。此刻，它们每挪动一步都竭尽全力，但看见我们几个下山的人，居然主动挪开步子避到一旁。牵骡子的那个人走在最后，嘴里发着啾啾的声音，并没有大声呵斥或鞭打，它们却只停歇那么几秒又自觉地继续前行。我呆立很久，觉得它们特别可怜，同时心里生出敬意。多么像负重前行的人们啊，多么像夏履镇想把自己的家乡建设得更好的人们啊。一筐筐黄沙，一根根木材，一块块砖石，都是运到山上用来改造古村落的。我的大学师弟赵建兴是夏履镇的父母官，他和搭档朱国庆以及同事们，几乎每个周末都奔走在夏履的山水之间，一遍一遍徒步到山顶，帮古老的村落舒筋换血，返老还童，让它们不要老去，不要睡过去。

小溪，竹筏，水仗，在夏履，童年离我们如此之近。从竹筏的缝隙间看下去，水深处隐隐有水草，有神秘的生物从水底滑过。我想起一个纪录片中说，世界上最勇敢的鸟，是非洲中南部的水石鸻，它把巢建在尼罗鳄巢边。尼罗河巨蜥偷取雌鳄刚产下的蛋时，水石鸻会为尼罗鳄报信，而作为回报，尼罗鳄从不吃水石鸻，还甘当卫兵，水石鸻和鸟蛋受到攻击时，它随叫随到。万物相生相克，大地之上，一切生存繁衍，需要智慧，更需要勇敢。夏禹治水，勾践复国，钟灵毓秀的绍兴乃非常之境，多非常之人，"横眉""俯首"的鲁迅，陆游、黄宗羲、陈洪绶、秋瑾、蔡元培、周恩来……绍兴人睿智、圆通、内敛，最突出的性格是坚韧，他们认定一件事，会执着到底，越挫越勇，夏履人自然不例外。

"履"的字形，多么像一头骡子在负重前行。"履"是鞋的意思，也是行走、实行、担任的意思，和它相关的很多成语，此刻一一来到眼前，仿佛都和夏履有了某种关系：安常履顺，步履维艰，履险如夷，戴天履地……夏履是一杯温和的黄酒，却有着比烈酒更猛的后劲，这股后劲，才是夏履这一杯老酒里的风骨，醇厚，绵长，带劲，回味无穷。

古道密码

  2016年春天，我们去富阳新登看桃花。看桃花之前，十来个人在车上讨论着万亩桃花到底有多壮观。都是舞文弄墨的人，对数字很是没有概念，一亩有多大？一万亩是一望无际吗？当地朋友笑了，说，不是一望无际，是一层一层种着桃花的梯田，沿着山坳一直延绵至大山高处和深处。于是，我仿佛已经看见，漫山遍野的桃花，像粉色的瀑布正在往山上倒流，像一整个春天在时光里倒流，流得很慢，像日出日落那么慢，像行云流水那么慢，像如今人类唯一还保持着亘古不变节奏的心跳和呼吸。

  当我们真正进入花海，便进入了无边的寂静和无边的喧哗。每一朵桃花都是安静的，然而无数朵安静的桃花，汇聚成了巨大的喧哗，密集，震耳欲聋。被这无边的寂静和喧哗感染，大家先是沉默了一阵，继而又开始讨论。讨论桃花，讨论枝干的苍道，花瓣的娇嫩，讨论剪枝和收成，讨论转基因和毒疫苗，讨论留守儿童和老人，讨论房价和雾霾，讨论战争和宇宙大爆炸……我们当然还讨论文学，讨论最近一部极火的韩剧为什么那么火。

有人说，我们的缺失，是文学精神的缺失。

有人说，多少行业、领域，都正在缺失一种精神。

有人说，还是看桃花吧，说多了都是泪。

桃花一语不发，像在凝神倾听油菜花、紫云英、草、竹林和山野的低语。一阵微风掠过，传来了很响的蜜蜂的嗡嗡声，听起来无法无天，多少年没有听见这样的声音了。一只很大的黑红色蝴蝶，停在一株油菜花头上。我用手机捕捉它的须眉、黑红相间的肚皮、翅膀上的诡异花纹，它居然不逃，慢慢舒展开双翅，又慢慢闭合，一点不在意我这个另类对它构成的威胁。此时此刻，天地静谧安详，只有我一个人在喧闹，姿态很忙，心思也很忙，而桃花一门心思开花，等待授粉结果，竹子一门心思长高，蜂蝶一门心思采蜜，它们没有更多欲望，因而没有更多烦恼。我停下脚步站了会儿，突然开始喜欢这个我本不太喜欢它的名字的地方——新登，半山。那时，我没有想到，我即将与一个千年前的灵魂相遇。

看完了桃花，春寒浸透了每一个人。大家用酒和茶驱逐寒气。夜真正开始时，一位文友因第一次参加采风，敬了所有人一杯酒，大概喝高兴了，突然高声唱起了家乡的婺剧，音色很土，声调高亢，落在猝不及防的酒席上，把大家都吓了一跳，他也愣了一下，便嘿嘿笑了两声又埋头吃菜。上车后，他似乎意犹未尽，旁若无人地唱了一路的越剧，《葬花》《劝黛》《送凤冠》等等。突然，他抓着前排陆兄的肩膀大声说，下辈子，我一定要做一个戏子，唱大花脸，去流浪，去过从前慢悠悠的日子！陆兄平静地说，为什么要等到下辈子呢？

其时，同伴们都在聊天，我的听觉在黑暗中闪躲腾挪，捕捉着他自言自语般的哼唱，他唱的每一个段子，我都会唱。没有人看见黑暗中的我一直无声地跟着他唱，无声地喊：我也想去！

夜里八点，一个叫湘溪的山村、一条溪水旁干净的民宿收纳了我们，大家互道晚安。我和园姐约好要出去走走，但外面黑灯瞎火的，被大家一劝，犹豫了。站在各自的房门口，我们对望了一眼，想看穿彼此的心意，去还是不去，假如有一个人觉得累了，就绝不勉强。昏暗的灯光下，我们读懂了彼此，异口同声地悄悄说了声：走。

当我们从院子里往溪边走，陆兄也下来了，说，一起走。然后，楼上阳台传来一个怯怯的男声：我可以加入你们吗？我们说当然好啊！却不知是谁。待他在眼前站定，才发现是当地一位不熟悉的文友，家就在这个村里，有点意外，有点惊喜。突然又有人从二楼阳台门露出半个脸来说也要去。我们沿着溪水边走边等时，她来了，说，后面还有人来。于是，两个人的夜行，变成了六七个人的。

一群人在黑暗中走，听到了越来越有力的溪流声，随即，感觉双脚踩上了一条鹅卵石铺就的路，抬头可见一条影影绰绰的长廊。大家漫不经心地走着，好像说了些话，又好像什么也没说。我觉得很自在，一群热爱文字的同道者，本来就应该是这样的状态，可以说什么，也可以什么都不说，很多话都在文字里表达了，或将在文字里表达。夜虽冷虽暗，大家散散落落的看不到彼此的脸和眼睛，却觉得很近，这是白天没有的感觉，也是很多关于文学的场合没有的默契。

不知过了多久，眼前慢慢亮起来，感觉双脚踩上了平坦的水泥路，才知已走完了溪边小道。大家回头，猛然看见路口牌匾上赫然几个大字——"苏东坡古道"。

每一个人都"呀"了一声，除了那位当地文友。一路走来，他居然什么都没说。

我站在那几个字下，眼眶一热。我怎么都想不到会在此地此刻与他相遇——苏轼，与我同姓的祖辈，族谱里的远亲，我最敬又最爱的古人。他是儿时墙上挂的那幅《水调歌头》，是三十岁时读到的林语堂《苏东坡传》里那个活色生香的男人，是离家不远那一段梦一般的苏堤，是暗夜里灯火阑珊处颔首微笑的兄长，是让人肝肠寸断的《江城子·记梦》……他的一切才情品性，甚至有点"二"的可爱，都让我痴迷，并怀疑自己血液里真有他一丝一缕的基因，否则为何明知像他一样真性情的人注定一生坎坷，却一次次纵容自己的心魂誓死追随？多么希望，我真的有他哪怕万分之一的传承啊。

公元1073年旧历二月，他来新登时，三十八岁。那时，他的境遇虽然不是很好,但还不是特别糟糕。虽妻子王弗、父亲苏洵都已过世,但他续娶了王闰之为妻,又陆续生了两个孩子。虽与王安石相悖,自请外调,但在杭州期间工作顺利,爱情甜蜜,还觅得不少知己。那时,离他在密州写下千古绝唱《水调歌头·丙辰中秋》还有三年,离乌台诗案还有六年,离他在黄州自号东坡居士写前后《赤壁赋》和《念奴娇·大江东去》还有近十年。

夜里,四十八岁的我和三十八岁的苏轼聊天。

我说,老弟,我不快乐。

他说,怎么?

我说,人心不古,不痛不痒的文字于现实有何意义?我还要继续写吗?

苏轼先是顾左右而言他,问我,小说是什么?电视剧是什么?散文是什么?见我不答,才说,继续写吧,写所有正在流逝的美好的东西。

我说好。

我又问,身体被速度裹挟,灵魂被脚步抛弃,我想从巨轮中逃出来,做简单的自己。我可以放下所谓的得失,但我可以放下责任当一个逃兵吗?

他没有回答。

当早晨的阳光穿过窗帘啄醒我,我想起,我并未梦见他,而是我在梦里自问自答,并且,依然没有答案。我迅速起床,直奔那条昨夜我走过、他在九百四十三年前走过的溪边古道。

此时，正是旧历二月，正是多年前他来的时节。我想，他那时看到的和我此刻看到的景物，应该是差不多的。他这样写道：

新城道中（其一）
东风知我欲山行，吹断檐间积雨声。
岭上晴云披絮帽，树头初日挂铜钲。
野桃含笑竹篱短，溪柳自摇沙水清。
西崦人家应最乐，煮芹烧笋饷春耕。

这首诗，难以掩饰他行走在春天的田野里的兴高采烈，大概正如陆兄后来所说，当时他在一位农妇家住了一晚，吃了煮芹烧笋，心情大好。

然而还有第二首，是这样写的：

新城道中（其二）
身世悠悠我此行，溪边委辔听溪声。
散材畏见搜林斧，疲马思闻卷旆钲。
细雨足时茶户喜，乱山深处长官清。
人间歧路知多少？试向桑田问耦耕。

一颗归隐的心昭然若揭，这才是他的心声。如同久在沙场的战马，他已疲惫不堪，翘首以盼鸣金收兵的信号。他哪里会想到，近一千年后，有一个和他同姓的女人，站在他走过的古道上，纠结着是否为自己敲响"卷旆钲"，他更不会想到，他曾足迹遍布的大地之上，有多少被速度、压力裹挟着的睡眼惺忪的孩子、大人，也侧耳倾听着也许永远不会响起的"卷旆钲"。

苏东坡古道的尽头，是一大片怒放的油菜花，我像疯子一样奔进去，任浑身沾满花粉，任过敏性鼻炎更加肆虐。当我在阳光下打着无数个喷嚏时，想起网上一位"苏迷"根据苏轼日记译的几个很"二"的故事——"元丰六年十月十二日夜，苏轼已经脱了衣服准备睡觉。都躺下了，就是睡不着。咋整呢？去承天寺找张怀民。苏轼：老张，睡了吗？老张：没呢！苏轼：就是！睡什么睡，起来嗨！""苏轼患了红眼病，医生告诉他不要吃辛辣，少吃油腻，尤其是肉。苏轼说：其实我的脑子已经决定听话了，但我的嘴不听。""苏轼评价自己的作品时是这样说的：说实话，写得太好了！"

奔跑在油菜花田里，我看见苏轼去看风景，走一半走不动了（这于我是常有的事），他看了一眼山林间的亭宇，要到还早着呢，怎么办呢？良久，他顿悟道：我不去了！此事出自他的《记游松风亭》中，他说这样决定后，"如挂钩之鱼，忽得解脱。若人悟此，虽兵阵相接，鼓声如雷霆，进则死敌，退则死法，当恁么时，也不妨熟歇。"忽然想，"挂钩之鱼，忽得解脱"是他给我的答案吗？

然而，他自己按照答案做了吗？没有，他一生都不曾做到，否则又怎会有后来的种种境遇，如何会陷入乌台诗案几次濒临被砍头的境地？如何会二下杭州疏浚西湖、建造苏堤？如何会年届花甲还被一贬再贬，直至再无可贬的天涯海角，甚至被逐出官屋，自筑桄榔庵？他六十六年的生命里，几时真正放下一切，当过逃兵？

我奔跑在油菜花地里，其实我没有奔跑，但我感觉到灵魂已随风出窍。我在油菜花田里大笑，其实我没有大笑，我心里在大笑，觉得莫名的轻松——既然放不下，就继续前行吧。一个人别无选择时，也是一种解脱。我想，在昨夜无意的行走中，我的脚步早已在冥冥之中沾染了他千年前的足迹，它们暗示着我，可以像他三十八岁时那样心存倦意，患得患失，但即便蝼蚁般微贱，也始终不扭曲，不逃跑，为爱着的一切，不怨，不悔。

溪流声很响，是这个早晨唯一的声音。阳光从参差的藤蔓漏下来，在苏东坡古道上铺开了一张画，真切，明亮，温暖。我想，这是我穿过一千个春天截获的人生密码。

敦煌痛

大—漠—敦—煌—

如沙漠深处捞起的一个梦,绝美,连读音都绝美,却到处都痛。

皮肤痛。飞沙,乱石,天生粗糙干裂,黑暗苍黄,松弛垮塌。人世间再沧桑的脸,在它面前,也幼嫩;再苍老的生命,在它面前,也鲜活;再深邃的思考,在它面前,也幼稚。

星星点点的绿洲,泉水,驼铃,证明它还活着,心跳着,眼睛亮着,话说着。

脚痛。曾经以为自己是海,滚滚沙涛,翻涌了亿万年。驼峰如舟,流沙如水,走了亿万年,仍然走不出荒凉、贫瘠。天生的,它只是一个凝固的海,凝固了脚步,凝固了梦想,连时间仿佛也静止。

它在,时间也在。走了的是张骞、霍去病、班超、唐玄奘、李白……是军人、商人、文人、墨客、使节、僧侣、马贼、刀客，还有那些来自国外的著名盗宝贼……他们走了很多年，永远走出了这片大漠，却从没有走出大漠的历史和传说。其实，所有这些人，没有任何一个愿意真心留下来，但这些被羁绊的脚步，注定和它的脚步锁在一起，又重，又痛。

心更痛。

它是一个弃儿。被春风遗弃，被雨水甘露，被小鸟，被繁华，被爱情……甚至被寂寞。寂寞，需要一种意境，一种情怀。而属于它的，是无边无际的、空白无望的、遗世独立的孤独——不是它遗世，是天地遗弃它。

传说，古时候，月亮就挂在中国西北这片高原上空静止不动，像冰雕玉砌的一个立体圆球，山川峡谷清晰可辨。后来，月亮越行越远，只有每天升起的太阳是它的挚友，亘古不变。

也许还有，骆驼亘古不变的温顺的睫毛、忠诚的眼睛。

甚至当几百年前那位王姓道士发现巨大的稀世宝藏时，仍然没有人在意过这个弃儿，哪怕用一丁点剩余的爱，来拥抱它一下。

遗弃也不是最可怕的，最可怕的是被外人掠夺，而自家人无动于衷。

英国人处心积虑运走了三千多卷经卷，五百幅以上的绘画。法国人用化学胶布黏走了26方最精美的壁画，盗走几尊彩塑。日本人、俄国人也闻讯赶来，运走了无数珍贵文物。

而最亲的自家人，却用破木箱，任本就零落不堪、劫后余生的宝藏再经风吹雨淋，千里迢迢运到北京，留下一堆最破烂最不完整的东西。

王道士，这个莫高窟无助的、无奈的守望人，如何一人承担一切罪过？他只不过是一个不拿薪水的保姆啊！

最后，它以被掠夺的方式惊艳世界，不知道这是幸或不幸。从此，它备受宠爱，然而，已深入骨髓的耻辱与心痛，痛在生命里的每时每刻。午夜梦回，大漠泪雨滂沱，却不着一丝痕迹。

公元2011年8月，我用目光爱抚着这个弃儿的心脏——莫高窟。

一直仰着头，一个窟一个窟地看，脖子、眼睛酸痛难当。

多么美轮美奂啊。那一笔一笔，一刀一刀，一座一座，是谁，怎样仰着酸痛的脖子，撑着酸痛的胳膊、手腕，睁着酸痛的眼睛，怀着怎样的心情，历经十几个世纪，几万个日日夜夜，夜夜日日，上下五层，一千多个洞窟，凿出来，画上去，造就如此完美的神秘博大、旷世绝伦？

每一笔，都是痛，每一笔，都是美。

这是一种什么力量？不过是沙漠黄土，孤山崖壁，仅有钱和能工巧匠是不够的，仅有毅力和信心也是不够的。

无他，唯有信仰。

它的辉煌，其实是信仰的辉煌。

洞窟里很暗，很静。突然，女讲解员停下柔和的声音，厉声对一个刚用手机拍照的游客说:"请将照片删掉!"

我看到了几年前面对强权斗胆说"不要触摸壁画"后遭掌掴辱骂的年仅19岁的女讲解员。

我也想到了一个与敦煌壁画一样美得令人浮想联翩的名字——樊锦诗——一个特别干瘦、弱小的老太太——莫高窟新的守护神——像常书鸿一样,将生命绝大部分的时光、坚忍与智慧,缓慢而快速地消耗在此。

心里忽然涌起感恩的泪。多么欣慰啊,在我们不可知的领域里,这个无限神秘阴暗的洞窟,已然是一个无比温馨的宇宙,弃儿的心脏里,其实一直萦绕着母性芳香气息的守护。

梦一般的大漠敦煌,是沙、是石、是风,是千年弯月,万艘船阵,是菩提,是波罗蜜多,是美人佛,是飞天,是一层一层绝美的壁画,是飘了一千年的丝绸,是走了一千年的茶香,是一千年都温不透的玉,是金戈铁马,是壮志忠魂,是爱的绝唱。

梦一般的莫高窟,也会让人梦一般遐想。我忽然想,能不能,让我们这辈人,在莫高窟的最角落,找一个边角,也凿一个窟,请全中国最好的艺术家,画一窟壁画,塑一窟佛,千万年后,讲解员介绍时,会说,这个洞窟是中华人民共和国塑造于21世纪初,不行吗?

行吗?如果是个人意愿,谁还有那份虔诚与爱?如果是集体行为,会不会沦为政绩工程?给敦煌加上另一种痛?

走出莫高窟,收到朋友一条短信:"流逝的不是时间,是我们。"

是啊，每一个人，其实都在以流逝的姿势经过生命，经过时间。此刻，我正经过敦煌。

乐尊和尚流逝时，留下第一个洞窟。

平凡的工匠流逝时，留下瑰宝。

王道士流逝时，留下一个藏经洞和一个伤口。

驼铃流逝时，留下丝绸之路。

常书鸿流逝时，留下补丁，守护。

我们这一代人流逝时，留下什么？矿泉水瓶？垃圾和喧哗？留下故宫被盗、碎瓷？留下满世界足可乱真的赝品？留下莫高窟的关闭、月牙泉的消失？留下满足了好奇目光、带走了炫耀谈资后拂袖而去的冷漠身影？

我不舍的目光回望敦煌时，我想问它：你的心，是不是还痛？

曾经，我还没做母亲时，对那些无知无畏、胆大包天、捣乱惹祸的小孩子，总是敬而远之。我觉得，孩子其实有邪恶的一面，尤其是，当他受到的伤害、嫉妒远远超过爱时，就一定会恨。

那么，如今，你还恨吗？或是担忧？

敦煌不语。也许，在它眼里，我这棵来自江南的汁水丰厚的草，太无知，无味，无谓，无为。它根本不屑与我有任何的交流。

上车时，我抖抖丝巾，丝巾上泻下几粒沙随风飞逝而去。我回头，在夕阳的逆光里，跟它说了声"再见"。这不是随便说的，我们一定会再见，因为，将来我必定也会成为一粒沙，飞过很多路，经历很多事，看过一代又一代世事沧桑。而那时，我才能真正与它对得上话，才能读懂这片神秘的土地。读懂它的月牙泉，如同读懂它的泪；读懂它的鸣沙山，如同读懂它的心；读懂黑夜里的鬼哭狼嚎，才真正读懂它的灵魂。

三天后，回到江南，十里荷花，无比水灵，鲜嫩。

七天后，放在清水里的干莲子抽芽了，女儿时时傻傻地盯着看，想象它会真的长大，开花，美如万里之外壁画里的佛花。

她眼里，饱含人类最初的单纯。

皈依单纯，是否也是皈依一种信仰？

皈依美，爱，诚信，正直，坦荡，淡定，和谐……是否也算皈依信仰？

世人皆如此，敦煌和敦煌们，还会痛吗？

渭水遇

后来,我在地图上找过那条小河的名字,没有找到。后来,我问到了那条小河的名字叫"大南川"。它来自群山,清澈而湍急,在甘肃渭源县罗家磨村与212国道甘川段之间奋力跃动,像一个踽踽独行的少年。

从海拔三千米的高处下来,路过罗家磨村参观写生基地,我有点高原反应,分不清此时是夏末还是初秋,便一个人先出来透透气。于是,我遇见了大南川河,遇见了河边的一幅画,再后来,我成了一个"说画"人,对着四位从未走出过大山的老人。

远处是群山,近处是野草和芦苇如胎儿的头发紧紧依偎着河水,并延伸进河水里,河水和河滩没有分界线,像水墨画里的"焦"晕染着"清"。河水的左边,散落着一些农舍,几声狗吠。屋檐下晃着旧马灯,老树上挂着旧自行车,墙角边立着旧农具,小径旁散落着木雕残片,几个扛着农具的农民,像一幅画。

她毛衣的大红色彩，在绿水青山间显得有点突兀，仔细看，又觉得好看。她坐在高出河滩十米、石块垒砌成的路基上，低头在绣着什么，土红色的皮肤，花白的头发梳成两条小辫子挂在胸前。我站在河滩上仰望她，看到了她身后的蓝天，杨树，已经枯萎的一丛丛党参，低矮的砖房，砖房前趴着一辆灰扑扑的蓝色轿车。她静静坐着，身旁呼啸而过一辆辆急转弯的车。她那么土，那么静，公路那么新，车那么快，形成一种强烈的反差。我一边问她话，一边攀着石块往上爬。

她的手里是一只鞋垫，绣的是一幅熊猫竹子图，粉色底，绿色竹子，黑白熊猫，上面还有一个"乐"字。我由衷地说，你绣得真好看啊！是你自己画的吗？

通过不太通顺的交谈，我得知她从小在这里长大，从来没有走出去过。公路对面的砖瓦房，是他们的家，颜色暗的，是老房子，颜色亮的，是新盖的，屋檐每个角都嵌着一个"福"字，小轿车是邻居家的。他们家有十几亩地，种庄稼也种党参之类的药材，我刚刚走过的河滩上的晒场，平时用来碾玉米、高粱、油菜。收入不算高，但日子越来越好了。她的儿子盖房子时摔下来没了，女儿嫁到了外面，她和老伴带着十二岁的孙子，一心把他培养好，送到县城里读书。她说这些时一直笑着，露出好像还没发育完整的小小的短短的牙齿。他们一辈子没有出过大山，没有去过县城，他们从电视里了解外面的世界。

她的老伴穿过马路走过来，用关切的眼神询问她，两个老邻居也穿过马路走过来。他们问我从哪儿来,到哪儿去,在城里看到了什么好看的,眼神里充满真诚的好奇。于是,在午后的昏昏欲睡里,我向他们描述了我刚刚看到的渭源。

在首阳山,我看到一个道士的葬礼,怕对逝者不敬,我努力想记住而不是拍下他曾经住的偏殿的挽联,仍没有记住,只记得很有文采,且超脱,是懂他的人写的。商末周初,孤竹国二皇子伯夷、叔齐互让君位,耻食周粟,隐居首阳山,采薇而食,直至饿死,首阳山因此名扬天下。这个人们眼里精神有点问题的老道士,居然在此守了一辈子。几个相帮的人推着装殓道士的棺木从我们身边经过时,我们所有人都侧身静立。我猜想,他一定是我印象里刚直而执拗的西北汉子,一个人一辈子死守着"节气"的象征地,无论如何都值得尊敬。

我在八米高的秦长城上,看到了绵延不绝、层层叠叠、高低错落的梯田,我第一次看到如此壮观的田野。积淀着厚重而灿烂文明的渭水流域上,最古老的长城蜿蜒起伏,每隔一里有一小烽燧,每隔十里有一大烽燧。此刻,我没有看到烽烟,碧蓝的天空下,麦子和油菜籽丰收在望,一个农人在长城下的梯田里,将一大捆油菜干收拢,驮下山去。我们跟随他来到山下,在一个巨大的广场看到了一千个或者更多的碌碡,像在炫耀它们曾经经历过的一场场丰收。而在关于粮食的陈列馆里,我拍下一张张不忍卒读的老照片,饥荒年代饿得皮包骨甚至活活饿死的人。不忍看,又一张张删去,事实上,它们像石碾子一样,在我心里来回碾压了两次，碾出了道道血痕。我将手摸上比南方大好几倍的粮车，闻到把手的皱褶之间残留的粮食的香味，紧皱的心才渐渐舒展。

在渭水的源头鸟鼠山，我被另一种异香牵住了脚步，那是一大片我从未见过的紫红色花朵，散发着童年记忆里的香味。我的童年记忆里没有富贵的花，没有牡丹、芍药、玫瑰，只有野花。我一个人在花丛边坐了很久，这野花的香，多么微小，此刻于我，是最母性的，最故乡的，如同渭水之源，弹丸之地流出的三股清泉，绽放出一条渭河，汇入滔滔黄河，绽放出华夏璀璨的文明之花。

坐在罗家磨村口的河滩上，我和四个老人交流着互相听不太懂的话，晕乎乎的我根本不知道向他们描述了一些什么样的画面，有无夸张，或者虚构。

在我陷入某一个回忆时，她突然站起来，说，我家里有绣好的鞋垫，我送你，我送你。

不用不用，谢谢你。

不不不，我送你。

她转身就往马路对面走，我急喊，小心车！

等车子呼啸而过后，她晃着身子穿到马路对面，隐入了那一片砖瓦房。

我继续向她的丈夫和两个老邻居描述我刚去过的渭源县城，它和很多我走过的县城很像，甚至与我东海之滨的老家很像，很古老，也很鲜亮，热气腾腾的。不一样的，是我吃过的食物，有我最爱吃的土豆,是我吃过的最好吃的土豆,无愧于"中国马铃薯良种之乡"的称号,圆圆的匀称的土豆种子,被高科技工厂里的人们当成孩子般精心培育。这里有我最爱闻的当归,母亲常用来煲羊肉汤给我们养胃,煲出来的汤带着一点点甜。这里到处都是党参、贝母、柴胡、甘草等药材,我想,某一家店铺里,一定摆有代替他们走出大山的党参。

我最忘不了的,是深夜在回民朋友家里吃羊肉、看星空。一路泥泞抵达一个山谷深处时,快夜里十点了,又饿又累,炕桌上的油饼、馒头、凉拌菜、酥油茶什么的很快落肚,主人提醒我们别吃那么快,还有更好吃的。然后,老人和孩子们轮番端上热气腾腾的手抓羊肉、泥状的羊筏子等等。坐在炕上吃累了,就站起来吃,吃饱了就爬下炕,到院子里看星空。微微的高原反应让我产生轻微的眩晕。渭源,真像一个世外桃源啊,看到的,吃到的,喝到的,遇到的人,都有着泥土的气质,那么实在,那么醇厚,却让人感觉这里离天空特别近,离世界特别远,多么奇怪。

他们听我语无伦次的描绘,并不惊奇,只是呵呵呵笑。我想,我其实是描述给自己听的。

一双粉红色的鞋垫递到了我面前,是她自己画的牡丹样子,花了三天才绣好。河滩那一边,同伴们在招呼着上车出发了。

我说怎么办呢,我什么都没有带,包也在车上,我拿什么送你呢?

她咧开嘴,露出一口小碎牙,笑道:哎呀呀,不要不要,是我要送你的。

　　我的心泛起当归汤落肚般浓浓的暖意。她为什么送我呢？只因为我是远方的客人，和她闲聊了几句，赞美了她？还是与生俱来的淳朴热情？

　　匆匆说了再见，应该永远不会再见了。回到车上，见还有两个同伴在下面抽烟，下意识地将手伸进包里，迅速抽出一张一百元，让他们等我一下，便下车朝他们飞奔过去。

　　她不收，我塞到她衣兜里，她掏出来硬塞给我。我说这是我的一点点心意，你买鞋垫胚子也要花钱的呀。她还是不收，我塞她手里，塞她老伴手里，他们都将纸币一次次塞回我手里。

　　我做好拔腿就跑的准备，将钱一把塞到她衣兜里，转身就跑。她追了几步，哇啦哇啦在我身后叫，脸上是笑着的，露着小小的短短的牙齿，红红的脸在阳光下闪闪发亮，像一个少女。

　　回到车上，当地朋友说，在这里，谈恋爱时，姑娘都会送小伙鞋垫。女人们一辈子都乐意给心爱的人做鞋垫。

　　他们一生拥抱土地，拥抱苦难，拥抱自己，也毫无防备地拥抱外面的世界，甚至对未知的世界充满莫名的热爱。每一个人对于世界，都是一粒尘埃，就像人类对于宇宙，也是尘埃。是什么支撑我们努力活着？唯有爱。她从未走出过大山，但爱在她生命里的比重，一点都不比我们的少，即使对素昧平生的外人也毫不吝啬。他们脸上永远是生动的而非麻木的表情，随时准备笑，准备问候，或回答问候，准备骂人。

后来，我一回想起"渭源"这个地名，就会想起一条清澈而湍急的小河，眼前就会浮现一幅幅有关她的画面：她将汗水和豌豆种子一起撒进土里。她扎着小辫扛着锄头去收割党参。她揭开锅盖，新麦馍馍的热气沾湿了她短短的睫毛。她穿着大红毛衣，坐在石块垒成的路基上，一针一线绣着老伴的粉色鞋垫。多么土气。多么美好。

廊上耳语

从江南到河西走廊,从东海边到祁连山下,地势渐渐升腾,水汽渐渐稀薄,渐渐稀薄的还有人间烟火。江南人面对广袤,轻微缺氧的头脑有点混沌,耳朵却变得灵敏,或并非灵敏,是混沌中生出的幻听。

先听见九月的风里响起一声驼铃。正午时分,一匹灰白色骆驼驮着我,穿行在张掖丹霞地貌的壮丽中,如同行走在一个外星球。骆驼停留在一棵蓬蓬草前,打了一个响鼻,我听见脚下古老的土地响起了流水声,叮叮咚咚,像一声声泉的耳语,从骆驼刺和蓬蓬草的叶尖涌出地面,汇集成浩瀚的绿意,幻化成远古时代的无垠汪洋。光阴煮海,时间将曾经的汪洋大海煮了几亿年,熬成了这一片集雄险奇幽美于一身的地貌,蜜般柔软,糖果般多彩,极地冰川般肃穆,母亲额头般沧桑。

经过峡谷某个拐角处时,骆驼和我一起向上仰望,我顺着它的视线伸出手,在红色崖壁的砂砾中摸到了一颗极小的贝壳。亿万年来,这颗小小的贝壳经历了些什么?陨石雨,伽马线辐射,沸腾的岩浆,汹涌的海水,生命诞生,人类进化,国家纷争,政权交替,金戈铁马,烽火连天……直到此刻,它和大海一起,被时间定格成无边的静美,唯有一场雨或雪,才能让所有的色彩醒来,像一次次回忆,一次次短暂的重生。

站在彩色丘陵的某个高处俯瞰,我听到猎猎风声里响起一个苍凉悠远的乐声,嘟嘟克笛孤独的音色,如游刃穿行于风,引领着长号、提琴、竖琴、定音鼓等,如泣如诉的旋律渐渐恢宏。眼前一层一层的山浪向着同一个方向倾斜,天上一层一层的白云也向着同一个方向倾斜,像一支支队伍在雄浑的音乐里行进,时光之河浩浩汤汤穿过河西走廊。我看见光线急速变幻中一张张年轻的脸,年轻的张骞带着比他更年轻的汉武帝刘彻的嘱托,开启了出使西域的凿空之旅,年轻的骠骑将军霍去病策马扬鞭剑指匈奴,年轻的僧人玄奘独自踏上了五万里西行的生死之旅,年轻的一行行驼队掠过地平线上的落日,足印迅速被风沙吹老。历史与今天、东方与西方、古典与现代激烈碰撞,璀璨的文明之光闪耀苍穹。

时间深处,一条古时称为"弱水"的黑河之上,日夜萦绕着一曲曲动人的音律。"张国臂掖,以通西域",古为河西四郡(金张掖、银武威、酒泉、敦煌)重中之重的张掖,是丝绸之路重镇、兵家必争之地,作为河西走廊的一部分,在历史长河中对华夏文明产生了极其深远的影响。张掖四万平方公里的土地南枕祁连山，北依合黎山、龙首山，荒漠与绿洲共存，南国风韵与塞上风情共生，东西方文化在此交融，没有国界的音乐语言，成了亲和力最强的使者。张骞带回胡乐"横吹"传入西京，细君公主"携琵琶下嫁"乌孙王昆莫，"灵帝好胡服、胡帐、胡床、胡坐、胡饭、胡空侯、胡笛、胡舞，京都贵戚皆竞为之"。北魏时，当地音乐与龟兹乐相结合的《秦汉伎》传入中原，被称为《西凉乐》，佛教音乐传入中原，被称为《西凉州呗》，成为佛寺法乐。唐代，丝绸之路音乐文化交流达至巅峰，孕育出了响彻世界的"唐乐"高峰，《十部乐》涵盖了丝路沿线各民族的音乐。唐太宗李世民有言："朕闻人和则乐和。隋末丧乱，虽改音律而乐不和。若百姓安乐，金石自谐矣。"著名的《霓裳羽衣舞曲》便由唐玄宗改编自甘州音乐，甘州边塞曲流入中原后，成为教坊大曲，《八声甘州》《甘州曲》等词牌、曲牌流传至今……上下两千年、纵横近万里的时空里，河西走廊成了一个音乐的长廊。时间来到二十一世纪，在全世界书写了无数音乐奇迹的希腊音乐大师雅尼与中国再续前缘，继《夜莺》之后，创作了充盈着史诗情怀的《河西走廊之梦》，嘟嘟克笛引领的恢宏旋律，美得让人流泪。

"凡音之起，由人心生也。"音乐的交流，是人心的交流。人类文明的进程中，冲突无所不在，而音乐很大程度上缓解了冲突。如果说，张掖以一个母亲之温柔腋窝的意象，成为热爱和平的民族的心头痣，那么，河西走廊上古往今来的一曲曲乐音，是一只只白鸽，环绕成母亲至绵至柔的臂膀，拦断了铁蹄、战火，驱赶着死亡和离散。

科学告诉我们，时间的箭头永远指向无序，沙丘城堡会被风吹走，丹霞地貌最终会坍塌，冰川正在消融，月亮正在远去，太阳会变成白矮星，所有的星系星球都会灭亡，宇宙最终会陷入一片死寂。物质经过漫长的轮回循环无限组合，才产生了生命，地球经历了四十多亿年的沧海桑田，才产生了人类。人类文明于无垠的时间，只有千兆亿分之一那么短暂，那么，人与人之间为何还要相残？而非争分夺秒去爱？

焉支山下，山丹军马场，我不知道一匹解甲归田的军马是否愿意和我聊聊祖先辉煌的曾经。它是一头漂亮极了的汗血宝马，通身黝黑发亮，偶尔抖一下耳朵，眨着长睫毛，安静地承受着人类好奇的抚摸，却不知从哪里透着一副不羁的神情。在它的附近，两匹棕红色大马在隔着栏杆亲吻，一匹粉红色的阿拉伯马一刻不停地走来走去。

我学着英国小说《马语者》中的男主人公，试图去识别一匹马的耳语。我轻轻从它的侧面摸上它的脸颊，如果摸向它的正面，它的眼睛看不见，会受惊，可能还会咬人踢人。我将脸贴近它的脸，蹭到了粗糙而柔软的鬃毛，看到了长睫毛下瞳孔里浮现祖先们奔驰在辽阔草原上的画面，听到了它的耳蜗里响彻金戈铁马之声。公元前121年，霍去病击败盘踞在焉支山、大马营草原的匈奴各部后，全线打通了河西走廊，在此创建了山丹皇家军马场，山丹马从此伴随着汉家将士驰骋搏杀，保家卫国，在漫长的岁月中几经沉浮。北魏统一北方后，十数年养马数量高达两百万匹。隋炀帝西巡张掖，在此会见突厥及西域二十七国王公使者。唐朝养马极盛时逾七万匹。晚清时局动荡，马场只剩数百匹马，民国时更沦为军阀的私人牧场，直至新中国正式接管山丹军马场，如今成为我国乃至亚洲最大的军马繁育基地。两千年来，这个世界上最大最古老的军马场，也见证了一个东方古国的再度崛起。

九月的焉支山下，大马营草原上万马奔腾，一道道马脊如一望无垠的麦浪起起伏伏，传递着李白的朗声吟诵："虽居燕支山，不道朔雪寒。妇女马上笑，颜如赪玉盘。翻飞射鸟兽，花月醉雕鞍……名将古谁是，疲兵良可叹。何时天狼灭？父子得闲安。"群山偃旗息鼓，人们放马归山，解甲归田，马和诗歌的耳语里有一个相同的暗号："回家"。

在离军马场一百多公里的民乐，夕阳斜照进一个酒库，一个个巨大的棕色酒缸上，覆盖着一块块异常鲜亮的红缎子，像盖着红盖头的新娘。一个小勺伸进了酒缸，睡了三十年的酒醒了，叹了一口气，吐出一串咕咚咕咚的耳语，浓郁的香味瞬间弥漫开来。在汉代"九酝春酒法"的基础上，张掖人用高粱、玉米、大麦、小麦、大米、豌豆等九种粮食酿制了独具一方风味的美酒。三十年陈的白酒在玻璃酒壶里，呈现夕阳一样的淡淡金黄。

我与金黄对视，看见清澈的酒里凝结着浓稠的历史，是与江南的黄酒截然不同的另一种风骨，似凌厉眼神，似铿锵之音，又似温软的炉边夜话。我想，从前，它一定是出征酒，万马嘶鸣，尘土飞扬，一碗一碗烈酒被仰脖喝尽，一只一只酒碗被摔得粉碎；它也是庆功酒、团圆酒，被劫后余生的人群痛饮，化作眼泪飙飞，化作一场场思念的雪。此刻，它只是一杯民间的酒，沁入了寻常百姓日子的酒，像一个静坐于喜宴主桌的老人，微笑着，眼神安详。

朋友们拎起一壶酒干杯，一位本地学者说，在我们刚刚经过的马蹄乡，他年轻时去玩过，裕固族的朋友们听说来了他这个从来不会醉的年轻人，消息波浪式地传遍了草原，所有人都跑到帐篷里请他喝酒看他喝酒，他两斤白酒的量，一直喝却一直不醉，七天七夜没出过帐篷。

处处岁月静好，这是"张掖"这个名字的福报吗？如果不是，也一定是张掖的祈祷词。

我浅尝几口酒便醉了，歪在飞驰的面包车里，半梦半醒间，听两位朋友高一声低一声的对话，像一声声耳语。他们一个来自天津，一个来自西宁，隔着车子的过道，两人从一碗"炒炮仗"开始，讲甘肃的面、天津的面，讲当年的八国联军和义和团，讲一位大臣向慈禧太后报告说，外国人没有膝盖，眼珠不会拐弯，走路直挺挺的，我们拿竹竿一挡，他们就倒地不起了。

大家大笑，我也大笑，见车窗外夜色已经降临，耳蜗里响起东海边一声熟悉的耳语。江南被桂花树覆盖的娘家小院里,想必七旬母亲正双手合十,喃喃祈祷,每一个晨昏,她祈祷的第一句话总是:国泰民安。

世界安宁,我们才能听得见亲人们的耳语。母亲的耳语是一个涟漪,传给了千万里之外的我,从耳蜗传到心脏,传向四肢,传到脚底,传给车轮,通过车胎与地面的摩擦,传给了我脚下这片古老的土地,并得到了它的回应。

于是,我听见整个河西走廊上响彻悠长的声声驼铃。

把油灯点亮

在雨声里,水碓声并不清晰。我先是看到了它的样子,静静躺卧在南方冬天依然青绿的田野中,石桥下,芦苇岸边。溪流卷起巨大的水轮,带动碓木和碓锥一起一落,捣在青石臼里,发出"咿—呀—咚——"的声音,混合在细密急促的雨声里,像古琴声在贝多芬《田园交响曲》的高潮部分里汩渡,低沉缓慢的音符,不细听是听不见的,听见后,听觉便跟着它走了。古人描述的"碓声如桔槔,数十边位,原田幽谷为震",显然是很久很久以前的情景了。

若有若无的水碓声中,我与善根不期而遇。这是2017年初,江西上饶东阳乡龙溪村空无一人的村口,我从村外的农耕馆出来,打着伞走在通往村里的石头路上时,看到他也打着伞,迎面向我急急走来。

远远看见他时,我满脑子还都是农耕馆里堪称浩瀚的农具和生活用具，几百件之多，比百度图库里的还多，但是百度上找不全它们的样子，我用手机一张一张把每一件物品都拍了下来，包括菜籽、松果、玉米种，我想随时翻看无数村庄们正在远去的日常。曾经被视为神器圣物的农耕器具，正在被岁月抛弃，尽管上一秒还沾着泥土和肥料的气息，汗水或鲜血的咸味。龙溪村姓祝的村民们捐赠农具时，心里是怎么想的？舍得吗？还是无所谓？甚至因为手头有了更便利的电动工具而高兴？我想应该是后者，假如我是一个村民，或这个村民的亲人，也会高兴。

石头路上，唯有我和他。初冬的田野像初春那么清新，大地盛开着无数绿色花朵，是一些蔬菜和一大片即将在两个月后开花的油菜。唯一的一座水碓响在石头路的左侧，然而大地上一切播种发芽、丰收加工，都已与水碓没有任何关系，它不再是工具，而是作为一道景观存在，水轮像一只巨大的眼睛，看着田野上蓬勃的农事，它成了局外人。离它不远的农耕馆，灯光下陈设的农耕器具、生活用具，也像一只只眼睛，隔着玻璃与游人、与孩子们对视。镰刀、锄头已经生锈，像老人黯淡的目光，与泥土、稻谷再也无缘了，像绝大多数村庄一样，再也听不到水牛背上的牧笛了。

他花白的头发很短很齐，也很硬朗，像他的身板。他大约六七十岁，中等个子，古铜色的皮肤，端庄的五官，气质不像一个农民。我抬头看看他，他也看看我，又低头走。即将碰面时，我又抬起头看了他一眼，发现他也抬头看了我一眼，我笑了，他也笑了。此时,薄暮已经笼罩村庄,应该是做晚饭的时辰了,匆匆往村外走的老人,是去农耕馆吗?他去干什么呢?

擦身而过时,我说:老人家,你好!

他马上说:你好你好!

天都快黑了,你去哪儿呀?

我到农耕馆去,我要去锁门。我去锁了门,再到祝家祠堂给你们讲解。

在田埂上,我们停下来攀谈了几句。我刚刚恋恋不舍离开的农耕馆,和他果然有关系,他是看门人兼讲解员。他叫祝兴华,七十多了,是村里唯一的管理员,负责祝家祠堂、文昌阁、江浙社、农耕馆这四个地方。每个月五百元工资。他干过农活,教过书,当过铁道工,染过布,老了回到村里。他还有一个名字叫"善根",是奶妈取的。

我也就是帮帮忙的。没有人管了,年轻人都出去了,就剩下老人家了。

那些农具有你家捐的吗?

有啊,那个装线的箩筐就是我捐的,我祖母用过的。那个书箱,是我太公用过的,他乾隆年间考上过进士。其他都是一百多个村里人捐的。

你每天都要来吗?周末不休息吗?

每天都要来,不来不行的。

老伴呢?

老伴在家烧饭，我工作还没完成，不能回家。

他的语气里，有捧着烫手山芋扔不得的焦急无奈，又明显有一分自豪。

与他道别后，我沿着溪流往村里走，水碓声在我身后渐渐消失。自汉朝起，南方北方，几乎所有有水的村庄都会有水碓声，加工粮食，碾纸浆，捣药、香料、矿石，夜深人静时，水碓房的油灯下，总是晃动着一个个劳作的身影。不久前，我去过千年纸乡温州泽雅，看到竹林间掩映着四个连在一起的水碓，是人们用来捣竹浆造纸的。水碓房里席地坐着一位白发老人，溪水在长满青苔的水轮间跳跃，汩汩有声，飞散的水珠在阳光下叮咚作响，水碓轻捣着石臼里的竹片，发出"咿—呀—咚——"的声音，山谷里回荡着无限诗情画意。然而那位老人只是在展示，而不是生产。此刻，我脚下的东阳曾是三省交界加工粮油的首选地，集砻磨碾榨功能为一体的大型水碓方圆百里首屈一指。而此时，石臼里并没有作料，近听，就能听清一声声空捣声，粗粝，坚硬，像一个空巢老人冬夜里的干咳，听起来有点痛。

一个金黄色的大草垛，立在农耕馆外，应该是刚刚收割后的稻草堆成的。刚才，我把整个身子都靠了上去，果然闻到了浓浓的湿湿的稻草香，那一秒，我觉得回到了记忆深处的村庄、想象中的村庄。龙溪村以血缘关系聚族而居，自古诗书继世、耕读传家。一个古老的村庄，一座桥，一条溪，半面断墙，一棵樟树，一个草垛，一大片油菜，两间青砖灰瓦的矮屋，一个美轮美奂的祝氏宗祠，一个气势不凡的文昌阁，一个仍然萦绕着喧哗声的江浙社，一个静谧的观音阁，田野间响彻着水碓声声，人们的血脉里浸染着翰墨书香，这是我梦想中的桃花源的模样。

可是，我不想怀旧。真的。假如我是一个农家妇女，像善根媳妇那样地道的农家媳妇，我为什么要怀旧呢？如果回到从前的从前，我和大多数女人一样，天没亮就得起床，蓬头垢面，挑水，烧火，做饭，忍着饥寒将谷子挑到村外的水碓房碾米，顶着烈日扛着笨拙的农具去田里劳作。上树采摘的皂角怎么都洗不尽衣服上的油垢，头发里长着虱子，没有擦脸油，甚至没有手纸，要在爬着蛆的粪坑上排泄，忍着蚊蝇叮咬。一场微不足道的小病就会轻易夺走自己或亲人的生命，怀胎生子更是过鬼门关。没有动车、飞机、手机、微信，丈夫、孩子出远门了，思念很痛很长很绝望，而不是远隔万里也能随时视频、语音。任何一个极细微的享受，比如洗个热水澡，都要付出繁重的劳作。

在遥远的美洲，生长着一种外表极美的箭毒蛙，只有指甲那么大的母蛙担心蝌蚪在快干涸的水洼里死去，会将蝌蚪背在背上，开始史诗般的迁移。它从水洼出发，爬行一公里后攀爬到一棵大树上，找到凤梨植物叶子形成的完美的小水池，把蝌蚪放下，又回去背第二只蝌蚪，直到将六只蝌蚪一一安放在不同的小水池里。没有食物，它向水里排一个未受精的卵作为食物，隔几天就回来排一个。日日夜夜，它在马拉松式的漫漫长路上奋力攀爬，废寝忘食，让我想起自古以来乡野中的一代代母亲，如同箭毒母蛙一样,在无比艰辛的漫漫时光里攀爬,花容月貌迅速枯萎,脊背早早弯曲,指甲里总是藏着黑黑的泥垢……都说从前慢从前好,其实错的不是现代科技的进步,而是人心不古,有人忘本,贪欲,不耐心,不实诚,不再信奉一分耕耘一分收获。

水碓声在身后消失的一霎,我听到了一个乡野女子如释重负的叹息。每一个农人,都希望日子是轻快的,美美的,也想住高楼、装空调、开轿车、去旅游,有什么义务保留贫穷落后,保留所谓的诗意呢?时光的钟摆亘古不变,叫我们安常处顺,不必为一些注定消逝的事物伤感,并非只有通过水碓声,人才能接得上地气,记得住乡愁。有时,只需把心里搁置已久的油灯擦一擦,点亮。

2017年的第一场雨里,我与善根挥手告别,去跟同伴们汇合。善根说,快点跟上他们哦,村子很大的,不要迷路了。

从前所有的村庄外都响彻着水碓声,假如我是一个迷路的人,顺着水碓声,就一定能找到农家。坐在竹篱茅舍前,喝着他们递过来的粗茶时,一定能听到"咿—呀—咚——"的水碓声,多么美好。但我也只是试着想象一下而已,我不想农人们回到所谓的美好。因为他们是我自古以来的亲人。

龙游过

一

我常常想，假如有比人类更高的智慧，那么，金字塔、巨石阵、麦田怪圈等等人类眼里不可思议的存在，对于TA意味着什么？一个举手之劳的小玩具？

阳光从龙游石窟的洞顶呈扇形往下倾泻，抵达洞底赭红色的地面时，形成了一道巨型光柱，与石窟内两根巨型鱼尾石柱一起，撑起了一个幻境般的洞天，洞顶洞壁精美绝伦的一道道纹路，如金色的细水流，充盈着整个视野，形成了强烈的视觉震撼。我手抚石壁慢慢往洞底走，指尖一路向我传递着一种无法形容的粗糙和清凉——来历不明的水，沿着石壁的纹路蜿蜒、滴落，无声，又像有声。

一个已被科学证实的事实是：人类的眼睛所能看到的只是390nm–780nm波长的可见光，我们视而不见的无数光波却真实存在。以此类推，人类的耳朵、鼻子、舌头、肌肤和心灵所不能感受到的其他"感受"，是否也真实存在？只是我们缺少了感受它们的器官。

此时，我产生了游离在"感受"之外的幻听，仿佛来自远古的无数种声音，在空旷的石窟内嗡嗡回响，将时光瞬间带回到上古时代，《山海经》里瑰丽奇幻的世界——

大荒，小丘，一柱阳光穿透森林，照见一个小巨人和一个人面蛇身小巨兽正跪俯在松软的落叶上，他们同时伸出右手和右爪，去捡拾同一颗刚刚掉落的松果，指爪相碰的时候，同时缩了回来。

小巨人说：烛龙，我捡的这些松果都送给你，因为，你没有摧毁松林而是耐心等待松果掉落。

小巨兽说：帝俊，谢谢你，那么，我也要送你一个礼物，因为，在寒冷的冬天，你没有猎杀兽类谋皮取暖。

帝俊说：什么礼物？

烛龙说：我给你挖一些洞穴吧，像天上的星星一样多一样美，和你的心脏一样温暖，比你的家更加安全。

于是，它伸出利爪在山丘中轻轻刨了几刨，瞬间，山丘出现了北斗七星状的七个石窟，稍后又出现了更多石窟，每一个石窟的洞顶和石壁上，是细水流般精美的凹凸爪痕，每个洞内有一至四根鱼尾形的石柱支撑，几级巨大的台阶从洞口通往洞底。

帝俊的眼里涌起泪水，说：请允许我刻上一个标志，作为我和你，作为人类和水里游弋的、大地上奔跑的、天空中飞翔的所有动物平等和谐、相濡以沫的永久见证吧。

于是，他找到石窟中最小的一个，离窟口不远处，刻下了鱼、马、鸟三种动物图形。

"来，请跟随我前往另一个石窟。"一个声音将我从神游中拉了回来，我不禁为自己杜撰的第十个龙游石窟"猜想"哑然失笑。

浙西崇山峻岭中的龙游县为什么叫龙游，就像不远处的龙泉市为什么叫龙泉，似乎没有特别确切的来历，但我相信它与以"龙"为图腾的中华古老文明有着千丝万缕的关系。三千多年前的姑蔑国先民，在这片很可能有神龙游过的山水之间刀耕火种，创造并延续着灿烂文明，"儒风甲于一郡"。公元1992年的一天，一位当地农妇像往常一样蹲在山上的深水潭边洗衣服，目睹了一场石破天惊——她洗衣服的水潭，是这座山里众多水潭中的一个，深不见底，有大鱼，当地人称之"无底塘"，她看见邻居吴阿奶等人抬着水泵来到水潭边抽水，不知是想涸泽而渔，还是想寻找传说中的玉石。奇怪的是，水越抽越少，鱼却一条都不见了，莫非潭底连通衢江？整整十七天日夜作业后，一座又一座气势恢宏、精美绝伦的地下石窟横空出世，其布局、开凿、采光、承重等工艺，连现代工艺也很难做到。更奇怪的是，除了南宋张正道的《翠光岩》中有一句"千年尽露波涛色，万古犹存斧凿痕"，仿佛是对龙游石窟最早的记录，历代龙游县志甚至都未有提及。

何人何时建造？用的什么工具？有什么用途？与姑蔑国文化有何关系？神庙？采石场？墓穴群？藏兵站？储冰库？巨石文化？道家福地？外星人所造？谜团百结，甚至有了关于龙游石窟的九大"猜想"。

烛龙，《山海经》中记载的第一神兽，身长万里，人面蛇身，神通广大，"烛龙其视，天地皆昼；烛龙其瞑，天地尽晦。其吹为冬，其呼为夏，风雨是谒，神鬼役从"，和混沌大帝、鬼母，在盘古开天地之前，守护着四方和平。帝俊，《山海经》中的第一巨人，东方部族的远古始祖。龙游石窟，会不会如我的神游猜想，是远古时代巨人巨兽的一个游戏遗址？就像人类幼童在沙滩上玩家家后留下的沙穴和玩具？

庄子在《庄子·杂篇·盗跖》里，借强盗跖之口怒怼孔子，说从前人们"与麋鹿共处，耕而食，织而衣，无有相害之心，此至德之隆也"。后来有了帝王将相，开启了"以强凌弱，以众暴寡""之乱"。古人崇拜自然、依赖自然，对于天地星辰、风雨雷电、猛兽草虫，无不心怀敬畏和感恩。不知何时起，人类听不懂自然的话，或假装听不懂了。

曾经，一位参加青藏铁路铺轨仪式的摄影爱好者，在回程航班上拍到了一个隐在云层和雪山之间、有鳞片的龙形生物体，有类似脊椎骨的凸起和逐渐变细的尾部，发到网上后，引发无数人的猜想，有专家称这是一种特殊的冰川结构。其实，我更愿意相信，龙游石窟是先人的一个伟大工程，和蚁穴一样伟大，和鸟巢一样伟大，和无穷夜空的无尽星云一样伟大。

龙游石窟的横空出世，会不会是大自然或某个更高智慧的一个警示呢？

二

我常常想，在微观世界里，人类的一根发丝、一根血管，对于微生物而言，一定意味着龙游石窟般恢宏且不可思议的存在。

在龙游，我没有料到，几盘家常乡野小菜，居然让我感受到了微生物视角的震撼和不可思议。

"烽火"骤起，"硝烟"弥漫，"铁蹄"声声……她双目炯然，神情凝然，犹如巾帼英雄披挂上阵，锅碗瓢盆，铁铲漏勺，鱼肉蛋菜，烈火烹油，都是她的兵将，一间早点店的厨房，爆响的是金戈铁马之声。

这是六月清晨的龙游县城街头小巷，雨雾弥漫，热气蒸腾，早点店内外，都是她的战场，她是花木兰，用兵阵和兵法来征服来自五湖四海的舌尖。

"三头一掌"来了，鸭头、兔头、鱼头和鸭掌，火炉、铁锅、红辣椒、橘皮、花椒、桂皮、茴香，再配上开胃清火、温补燥湿的中草药秘方，经过浓稠老汤几个小时的熬煮，无比入味。鲜！辣！爆辣！然而，这是早餐！

龙游人无辣不欢，无论高档餐桌，还是街头小吃，辣无孔不入，连粽子也不放过。

一阵"激战"过后，"三头一掌"已成残兵败将，龙游发糕、芋头粽、米糊、葱花馒头、粉干、龙游包子、饭粿笋块肉圆、富硒莲子羹、豆腐丸子汤团、清朝馄饨等等，一一被她像兵将般排到了餐桌上，我们先是目瞪口呆，应接不暇，尔后大快朵颐，直到举手"投降"。

饮食文化，蕴藏着一个地域的前世今生，也暴露了当地人的性格。又鲜又烫又辣、又甜又糯又香的龙游味道，仿佛是龙游人的本色，洒脱爽利，踏实勤勉。

礼失求诸野，大美亦如是。

一片刚从雨里采下、还带着"魂灵儿"的嫩荷叶，犹如一只玉盘，在视觉里，散发着翡翠的冷光，在嗅觉里，散发着食物的暖香。三瓣带着雨珠的荷花瓣，随意搁在荷叶边，在窗外透进来的天光里，丝丝缕缕花脉从淡粉色到深粉色，通透的程度，如正好被月光穿透的薄云。一团莲蓬形状的食物，静静卧在荷叶上，细看，是深褐色的糯米蒸肉，外面裹着一颗颗雪白粉糯的莲子，泛着诱人的油光。食物与盛器，唇齿般契合。

这是大雨如注的龙游天池村，千亩荷塘一家没有店名的农家小餐馆。

一只三角形白瓷盘里，码着一层一层洁白的、切得极薄的生藕片，撒着三粒红辣椒、七八粒葱花，如同极简主义者的画作。

一个竹编蒸屉将一片荷叶窝成卷边碗的形状，六只咖啡色的龙游肉圆窝在里面，像一窝刚出生的圆滚滚的猫崽。

一盘金黄的油炸荷花瓣，点缀着一个新鲜的莲蓬、一片荷花瓣，有侘寂之美，有生与死的哲学意味。

一帘之隔的窗外，大雨倾盆，雷声滚滚，一帘之隔的屋内，静静地卧着它们。我们用手机的人像摄影舞台灯光功能捕捉着乡野里这份不可思议的美。取景框里，背景黑化后，几碟普通小菜，瞬间幻化成了博物馆聚光灯下的艺术珍藏。

一墙之隔的厨房里，他在精雕细琢，对待食材，如对待艺术品一般。我看不到他的脸，只看到一个瘦小的背影。我不知道他是否是本地人，多大年龄，为什么如此精湛的手艺甘于寄身一个小小的乡间无名餐馆。此时，世界于他仿佛是无声的，他虔诚如史前的烛龙和帝俊，用自己的手，加上自己的心意，用最土的莲子、荷花、荷叶，最家常的食材，将一席"荷花宴"当成了永久的艺术品去做。

此时，他的眼神是怎样的？他的嘴角用劲抿着吗？他知道他的审美会令远客惊叹吗？当他将一片荷叶盘进蒸屉，他的眼前会浮现起盛夏清晨的第一缕晨曦吗？会重现他的妻子或妹妹走进还挂满露珠的荷田，伸出手，轻轻采下第一朵荷花、第一片荷叶吗？

肉圆裹着荷叶的清香，色泽透亮，滑嫩Q弹，据说肉圆、葱花馒头、扣肉是龙游的喜宴回礼，肉圆要用番薯粉，肥瘦相间、手工切成末的土猪肉，加上切成细丁的嫩豆腐、鲜笋、萝卜、马蹄爽，搅拌到有挂丝才行。不喜肉类的我忍不住吃了一整个，人间烟火浓郁的味道，让我想起一个村子的味道——前日路过的衢江江畔的团石村，一千三百多岁的小村，融商帮文化、状元文化、节孝文化、建筑文化于一体，也曾是龙游商帮的货物集散地。几棵巨大的樟树下，五位少女正在跟着音乐和教练跳着地道的拉丁舞，姿态和装束洋气极了。村里的老少们有坐有站，看着，笑着，聊着，最忙的是一条大黄狗，不停地穿来穿去。"糯米猪肠喂！米粉猪肠喂！"随着一个中年男子热气腾腾的叫卖声，过来一辆热气腾腾的三轮车，两大锅猪肠胖乎乎、油亮亮，据说一口下去就会爆汁，内里是软糯的粉团，又香又辣，特别过瘾，连我这个不吃猪肠的人也动了心。

食物像一位勇士，以赴汤蹈火的姿势，以源源不断的元气，滋养着一代代龙的传人，无有高低贵贱，不分大雅大俗，一粒珍珠并不比一粒稻米更珍贵，所谓的大雅之堂上的某些动作某些声音，并不比一个俯身默默制作食物的姿态更典雅。

龙游博物馆里，一束灯光静静照着一颗出土自龙游荷花山遗址的稻米，一万年前的稻米已经炭化，看上去依然饱满，甚至倔强。像一个沉睡在时光里的婴儿，随时都会醒来。

李庄意象

　　古镇李庄像一条小龙盘踞在另一条巨龙的头角上,这是午夜两点的李庄给我的第一个意象。午夜两点的我们乘车向着长江第一古镇李庄急驰,更深露重,视线里一片漆黑,唯有两侧路灯通明,它们构成了一个起起伏伏、弯弯曲曲的空间,让我觉得自己正奔驰在一条金色小龙的脊背上,洞察到了它坚硬明亮的骨骼,这显然是一种错觉。另一条巨龙是万里长江,此刻被淹没在暮春的暗夜中,它的呼吸声亦被哗哗的车轮声淹没。

　　李庄的街巷,如一棵大树的根须互相缠绕,盘结成了一个巨大的活着的生命体,通身灌注着来自长江的浩渺之气,这是午后两点的李庄给我的第二个意象。一千四百多岁的李庄依偎着长江,"江导岷山,流通楚泽,峰排桂岭,秀流仙源",云层泄下微光,照亮着窄窄的羊街,照亮着古宅古庙的白墙青瓦,照亮着质地沉重的木门,也照亮了一些脚步声和人语声,它们来自现实，也来自时间深处。一直走，任何一条青色的石板路都会将脚步带往青色的长江，带向千万里之外的远方。

从长江之尾的江南来到位于长江之首的李庄，时空的转换并不明显，这满目的葱茏和薄雾、江岚杂糅而成的暮春气息，和江南多么相像，和无数南方古镇多么相像。然而，当我尾随着一位诗人，掀开一家茶馆的门帘，走进空无一人的小店，眼前忽然变得幽暗，耳边忽然隔绝了人声，时隔八十年并不遥远的历史如惊涛骇浪汹涌而来。庭院，祠堂，庙宇，纪念馆，老邮局，我们一次次穿行其间，一次比一次更深地走进了李庄的内部。

"同大迁川，李庄欢迎。一切需要，地方供给。"

我久久凝视着这十六个字，不是沉醉于这一横一竖、一点一捺的汉字之美里，而是震撼于这字字千钧里蕴藏的博大胸怀和豪迈气概。抗日战争爆发后，上海国立同济大学校园在日寇轰炸中仅剩断壁残垣，无处安放"一张平静的书桌"，经过三年流离、六次内迁，"千里流亡，亟待整理"的同济大学等机构，亟须搬迁至川南一带，使民族文化得以薪火相传。1940年8月的某一日，李庄羊街8号，乡绅罗南陔的府邸内聚齐了张官周、杨君惠、宛玉亭、范伯楷、杨明武、邓云陔、张访琴、李清泉、罗伯希等全镇名流，商议同济大学和"下江人"来李庄安身的大事。

写下十六字电文的罗南陔，留在黑白照片上的容颜那么儒雅，清瘦，甚至孱弱。他写下这十六个掷地有声、字字千钧的字时，手腕可曾犹豫？指尖可曾颤抖？是否有人阻拦？是否有人在他身旁叹息？他可曾想到，这言简意赅的十六个字，打湿了多少读书人的眼睛？在当时的地图上连名字都找不到的李庄，这仅有三千人的小镇，将会涌入一万多中国最顶尖的知识分子和读书人？

梅贻琦、傅斯年、李济、梁思成、林徽因、金岳霖、董作宾、童第周、唐哲、石璋如、陶孟和、梁思永、吴定良、李方桂、莫宗江等来了，同济大学的教授和莘莘学子来了，中央博物院和中央研究院的历史语言研究所、社会科学研究所、体质人类学研究所等三家国家级研究机构以及梁思成的私立中国营造学社来了，"九宫十八庙"悉数腾出，"各公私处所均已不顾一切困难，先后将房舍让出，交付同大"，在西南大地的僻静一隅，终于安放下了一张"平静的书桌"。李庄敞开的胸怀，是战壕，李庄敞开胸怀接纳的人们，不仅是学者，更是战士，为中华文脉的保护和传承而战。

"是谁用带露的草叶医治我，愿共我顶风暴泥泞中跋涉……无问西东，就奋身做个英雄……"

电影《无问西东》主题歌在我耳边响起，我看见八十年前的李庄将自己化作了一枚带露的草叶，医治着中华文脉的伤。这是李庄给我的第三个意象。

整整六年，李庄的一草一木、一砖一瓦见证着中国知识分子精英在艰苦岁月中的人格力量和创造的一个个学术奇迹。

石璋如从昆明到李庄一路惊魂，汽车司机"打开车灯吓老虎",梁从诫记忆里最深刻的是"夜里狼群竟转着车厢嗥了半宿",还有强盗,还有疾病,还有死亡。

梁思成夫妇贫病交加,典当衣物度日,梁思成因颈椎病痛无力起身,竟用一个花瓶顶住下巴支撑头部继续工作。身患重病的林徽因,听闻毅然从军的弟弟林恒在空战中飞机尚未起飞便已遭轰炸阵亡。暮春的午后,我仿佛还能听见她的痛哭声被她自己声嘶力竭的咳嗽声淹没。

童第周毅然归国和四万万同胞共赴国难,和夫人叶毓芬在李庄用金鱼青蛙作生物实验,简陋的旧居内,回荡着他和来此参观的英国学者李约瑟的对话——"我是中国人","不可思议的奇迹"。

李济的两个女儿李鹤徵、李凤徵,因医疗条件太差,相隔不足两年,相继在李庄香消玉殒,一个十七岁,一个十四岁。旧居斑驳的墙上,照片里的女儿们仿佛还在说,我长大了也要考同济大学。

禹王宫,当年同济大学的本部,还响彻着364名青年教授和学生的慷慨宣誓,他们投笔从戎,慷慨赴死。

一座座古老的庵堂寺庙里,还依稀闪现着无数中华文化的传承者和捍卫者的身影,他们面如菜色,身形清瘦,衣冠整洁,眼神坚毅。战火映照着他们高贵的人格,映照着铭刻在他们心里的两个字:家国。

在那段苦难岁月里,梁思成夫妇完成了《图像中国建筑史》

等一批重要著作；唐哲、杜公振等完成了《痹病之研究》，成果挽救了上万人的生命；金岳霖开始了计有六七十万字的《知识论》的书写；吴金鼎、王介忱、李济等人的川康考古收获颇丰；陶孟和主导编纂了抗战以来经济大事记和《1937—1940年中国抗战损失估计》；李霖灿、董作宾等人也完成了轰动学术界的象形文字研究著作……

而做出巨大牺牲、成为中国抗战大后方四大文化中心之一的李庄，也受到了文化的反哺，有了电灯和电力，根治了流行麻脚瘟病，李庄的孩子们受到了空前良好的教育。世界也在李庄人面前打开了另一扇窗，当时，国内外邮件纷至沓来，信封上只要写上"中国李庄"就可准确送达，李庄也成为中国绝无仅有的李庄。

入夜的李庄宁静古朴，走在小巷里，能深深感觉到这个被誉为"中国文化的折射点、民族精神的涵养地"的古镇，仍然是一座生活着的古镇。孩子们在屋檐下欢笑着玩着古老的游戏；白糕店里，女人们用背篓背着孩子，给街坊们称着手工做的白糕；两位年长的妇女一人一把小竹椅，对坐在溪流两边，一边打毛线一边聊天；街边亮着灯的门廊里，一位老人给他的老伴轻轻捶着颈背；一家裁缝店很像我故乡楚门镇上母亲三十年前开的裁缝店，再晚一点，他们会将一扇扇竖的门板装上去，关灯回家。时光如穿过街巷的溪流涌动着，仿佛带走了什么，又仿佛什么都没有带走。

　　和平年代，读书人的风骨与担当已无需经历战火的考验，但身后仍有无数双眼睛在凝望。中国李庄，也许就是这样一双眼睛。这双眼睛曾是裹在一个巨大伤口上的草药，风干成了一枚彪炳历史的勋章，这是李庄给我的第四个意象。

　　谷雨将至，清晨的长江边，一群写书人坐在奎星阁吃早餐。诗人谷禾兄说，来过李庄很多次，与茶馆老板熟识了，常去叨扰他，不知如何感谢，老板对他说，你送我一首诗吧。

　　一枚暮春的落叶应声落在桌前，抬头见青色的长江浩浩汤汤滚滚东去，想起电影《无问西东》里曾为之流泪的一句台词："这个时代缺的不是完美的人，缺的是从自己心底里给出的真心、正义、无畏和同情。"不知为什么，此刻，我还想起离李庄三百多公里的三星堆文明，想起离李庄两千公里的大漠深处卫星发射中心掠过耳边的猎猎风声，想起离李庄一千八百公里处长江入海口的滚滚波涛，想起与我的住处一江之隔的跨湖桥文化遗址内，八千年前的独木舟静卧在水下六米，想起人类留在月球上的脚印，热泪忽然在心里滚滚而下。

山中初雪

一

引墨，最初的雪子在窗外绣球花的叶片上叩响第一声时，我正在一座名叫"在茨"的石头屋内侧耳聆听。我看了看手机，2021年立冬，上午九点四十四分。打开门，听见整个齐鲁大地响彻着恢宏的沙沙声，然后，我目睹了秋季短短几分钟令人震惊的"回光返照"。

绣球花硕大的叶片曾在昨天最后一个秋日里呈现火焰般的红。此刻，雪子落在上面，有的瞬间化了，有的凝了薄薄一层，于是，被雪水打湿的叶片，高举着烙铁般的红。

大叶吴风草像巨型铜钱草，雪子落在上面，像一只只盛了砂糖的浅盏，"砂糖"很快融化，雪水濡湿了所有叶片，于是，大叶吴风草在地上燃起了火焰般的蓝绿色。

黄杨球一根根玉手指般簇拥在地上，雪子落在上面，像很多只刚被母亲洗净还未擦干的孩童的手。石墙上的老石头和满墙的爬山虎也被雪水涂得闪闪发亮。远处，东山上的柿子和满山的黄栌叶也被雪水涂得闪闪发亮。

在雪子抵达大地、雪花尚未到来那极短的几分钟内，秋季挣扎着释放了最艳丽、最辉煌的色彩，像是对天地最后的最深情的告白，然后迅速被铺天盖地、寂静无声的白茫茫层层覆盖。

一场雪，像季节的一个渡口。

中午十二点零二分时，我坐在青未了客栈落地窗前等一碗山东人立冬必吃的饺子。这是山东淄川的土峪村，离惊蛰时节我来时，已经隔了两个季节。初春的那个晴天，我靠在老柳树横卧在水边的巨大枝干上和你通电话，反复讨论我的新书《纸上》的封面设计，两个季节后，黄菊和这里的小伙伴邀我来围炉分享新书。黄菊和天气预报都说，立冬会有一场雪，果然。一个南方人能在北方目睹冬天的第一场雪，心里自然激动，未曾料到的是，这场雪如此大，来去如此迅疾——一夜间，天地从秋过渡到冬，一夜间，雪便融化了（这是后话）。

天地间这迅疾的过渡，像一场惊心动魄的战争。这北方的初雪，与南方的完全不同，像怀着什么使命，不是风带着它们，而是它们用力裹挟着风，漫卷，狂舞，发出炉火般越烧越旺的呼啸声。仿佛冬的千军万马，在进发，在驰骋；仿佛齐鲁大地上历史时空里曾经的千军万马，在迸发，在驰骋。最后，像《三体》里的歌者用二向箔将三维世界降维成一片白茫茫大地真干净。

我第一次如此长久地注视一场雪，努力回想着一年前的雪，十年前的雪，三十年前和五十年前的雪，谁能预料，自己的余生还能遇见多少场雪？

雪中出现了两个人，是一对年轻的新人。女孩短发，戴眼镜，微胖，头戴粉色花冠，穿着白色婚纱，露着肩背，右手捧着一束鲜花，男孩高她很多，黑瘦，穿着黑色的并不像礼服的单薄套装，他们在漫天大雪里拉着手，此外还有一个女孩在给他们拍照，雪花停在三个人的头发上，停在新人滚烫的年轻的肌肤上。男孩说了一句什么，女孩大笑着扑向他，他一把将她搂进怀里，他们不知道，两个人灿烂的笑容也定格在了几个局外人的镜头里——女孩的唇比她手里的玫瑰更红。能想象得出，身体有多冷，心就有多热。

来自云南的女孩晋思说，这是他们两个人的婚礼，他们在青未了住一晚，就算结婚了。除了我们，他们是唯一的客人，昨晚应该是他们的新婚之夜，我们曾隔着桌子在餐厅用餐，他们吃的食物和我们的一模一样，藕片，炸子鸡，米饭，南瓜粥，如此简单。

他们的婚礼，也如此简单。唯有漫天飞雪在祝福他们携手开启新的人生旅程，也以刺骨的寒冷提点他们，关于未来。

我想出去走走，遭到了所有人的反对，但我真的很想去雪地里走走，于是我走到了屋外，走到了大雪中，把自己扔到了一尺厚的雪地上，摊开四肢，仰面朝天，任雪花落满了脸，停满了眉睫，几乎睁不开眼睛，耳边传来积雪摩擦耳郭的声音，是我从未听过也无法用象声词比拟的一个声音。我歪过头，看见雪地里落了狗或者什么动物的脚印，一个个小窝向着深山里延伸。

假如一个人知道余生还会遇见多少场雪，便不会为一场雪如此激动和执拗了吧？那么，有谁能保证自己的生命里还能遇见一场大雪呢？

二

引墨，大雪过后的第二天，居然是个大晴天，雪洗净了一切，连同天上的云。农家院子积雪中的串串玉米，在阳光下呈现珠宝的质地。每个院子前的小路都已经被早起的村民扫过雪。一只几个月大的橘猫在一堆堆积雪间钻来钻去，被拴着的狗们一听到路人的脚步声便狂吠，两头灰咖色肥猪躺在猪圈里晒太阳。白雪，黑树，红柿，蓝天，灰色炊烟，被悬在屋檐下的一柱柱冰棱收入了"镜头"。我和他沿着惊蛰时分常走的一条小道上坡，看到几棵巨大的老柿子树上，有一群我曾经见过后来再也没找到的灰喜鹊正在啄食柿子。黑亮的头顶和眼珠，灰白色的背，淡蓝色的羽翅和长尾巴，当地人叫它们"长尾巴狼"。他走了很长的山路回到客栈拿了长焦镜头，又赶回那里，说拍下来发给朋友们，寓意"喜事（柿）连连"。

我脱了鞋，坐在石头屋门口的地板上晒太阳，吃冬枣橘子，嗑瓜子。阳光透过天窗落在我正读着的一本书上，阳光也落在玻璃跳窗上，每一个窗棂格子上都停了一弯积雪，流畅的弧线是风的杰作，石头窗台上，有一个秋天的橘子，三片来自东山的秋天的黄栌红叶，静静停在冬日的第一个暖阳下。这无比静谧的时刻，突然给了我一个提醒：此次土峪村之行，是他结束十余年的漂泊回归家庭后我们的第一次远行，那么，是否也意味着从此时起，我们要进入一种新的相处模式和生活状态了？那么，从此时起，这天地间有多少人多少生灵，因为一场大雪而进入一段新的生命旅程呢？更好或更坏，谁知道呢？有多少骤变是允许我们提前做好准备的呢？如同东山会一夜白头。

引墨，我坐在石头屋的阳光里听融雪的声音时，听到了很像我平时给花木浇水时干燥的泥土吸吮水发出的嘶嘶声。日本的清少纳言在《枕草子》里写过"不相配的东西"，比如很拙的字写在红纸上面，比如穷老百姓家里下了雪，又有月光照进那里，都是不相配的，很可惜的。而我在立冬的土峪村，眼前全是"相配的"——红柿子和灰喜鹊，积雪堆和小橘猫，玉米堆和羊的咩咩声，炊烟和挂满红辣椒的屋檐，饺子和凉拌红心萝卜，屋檐下的冰柱和窝在被窝里邀我们进去喝杯水的老婆婆，漫天飞雪、新娘的笑脸和裸露在大雪里的肩膀，客栈门口的南瓜堆和特意去换了衣裳涂了口红画了眼线到雪中拍照的晋思她们。

与飞舞着的雪花"相配的",是忽然浮现在我眼前的、这一两年忽然遇到的你们——将近不惑之年的资深媒体人、行者、作家黄菊,她曾带着无数人开启"地理杂志"般的旅行,在行走中探寻生命的意义。而立之年的来自四川大凉山的Vimi,她每天用镜头走遍千山万水,捕捉和传播光和美。还有不惑之年的引墨你,每天徜徉在文字世界里,用眼睛走遍千山万水并引着读者走遍千山万水……像最北方最肆意的雪花那样漫舞,用自己最喜欢的方式追着光,发着光。

已过知天命之年的我,和融雪是相配的。我不管不顾躺在雪地上摊开四肢的姿态,和年龄是不相配的。我坐在石头屋前,嗑着瓜子,晒着太阳,翻翻书,和年龄是相配的。假如给自己设置一个心境,我想它应该像眼前无比安详的融雪,渐渐凹陷,渐渐衰微,化成雪水,却也相信雪水也是有用的,也是有好的去处的。

三

一弯眉月和一颗极亮的星,相伴着在东山升起时,积雪已渐渐化尽,土峪村古老的石头们在月光下露出了湿漉漉的脸。晋思端上铜火锅,几个小伙伴费了好大劲终于把火拨旺了,锅里滋滋冒着热气时,俊瑞他们已经从山下赶到山上,踏着积雪,穿过门厅,围在炉火旁,等着我和他们一起围炉夜话。傍晚七点,山谷里响起我们的朗读声，炉火正旺，红酒的温度正好，豆蔻的香味浓淡也正好。

晋思向我提了一个问题，关于行走的形式。她从云南来到山东土峪村工作，就是为了看看北方的雪，看看外面的世界。我说，除了真正的出门远行，其实读一本书，一个善念，一个善行，和陌生人聊天，此刻的围炉分享，都是行走。

"惊蛰时，作家苏沧桑作为今年文化&艺术驻村项目的第一位创作者抵达村子，那时，春的气息还潜藏在地下，除了一树杏花。"无法前来和我们一起看雪的黄菊发来了一段话。从2021年惊蛰至2022年雨水，每个节气，她和朋友会邀请一两位创作者来土峪村小住，她自己也会赶来陪伴。她写道："那是村子所在的整个山谷最早开的一树花，她每日午后散步经过树下，站在一块呈三十度起伏的坡上，仰着脖子凝视头顶那株枝干遒劲、树冠优雅的杏树，直到亲见第一个花骨朵儿开出花来，第一批花骨朵儿开出花来。立冬时，她带着自称'摄影发烧友'的家人一起回来。前一日还是秋的盛宴，明艳艳的太阳下，满目皆是黄的柿子蓝的绣球红的锦带彩色的东山西山。立冬当日，雪子一早便来敲窗，至傍晚，大雪已没过脚踝。苏沧桑来自杭州，面对这场虽如约而至却远超期待的大雪，除了不顾形象去雪地里打个滚儿，再回来围着火炉吃一碗热乎乎的饺子，就只剩下驻足任何角落凝视啦，就像惊蛰时凝视杏花一样……"我喜欢她用的那个词——"回来"。

回屋时，接到母亲来电，立冬时节的东海玉环岛，还只有一点点凉意。母亲说，我今天到三楼搞卫生看到你放在浴室门口的脚踏巾上有好多头发，上次你来都没有掉这么多头发呢……每次回老家陪父母小住，离开前我都会打扫一遍卫生免得劳烦母亲，却忘了脚踏巾上的头发，下次得记着。母亲定是一夜之间蓦然惊觉，她眼里永远是"囡儿头"的二女儿，白天奔走在田间地头夜里爬着格子的二女儿，也会老，也老了。

四

引墨，这几天我看纪录片《绿色星球》，发现在延时摄影镜头里，花朵们开放时的形态是我之前从未注意过的：不是盛开了就不动了，而是会稍微闭合一下，又盛开，像人的呼吸一样一起一伏，循环往复直至枯萎。一粒芽从森林的腐叶间冒出来，也是这样，呼吸般的一起一伏间，能看到它们用力的轨迹，像将拳头缩回来再打出去一般。引墨，这真像天地间每一季都认认真真活着的生命啊，即使被不期而遇的"暴风雪"暴打，被大雪封山般的时空禁锢，每一秒都在心跳般用力，哪怕最后，在宇宙中，像一场初雪一样，消融得那么快，那么彻底。

日出泽雅

阿沁,你从冰岛发来的日出真美。晨曦如一场金色的雨,落在蓝色冰川上,溅起金色的雨滴,以清晰可见的速度和力量,抵达万里之外的我,让我想起一个词"绮丽",也让我想起另一些日出和日落。印象最深的一次日落,是在香港飞回杭州的航班上看到的——舷窗外,亿万朵玫瑰色的云彩在两个多小时的航程里,演绎了一场史诗般的瑰丽。而印象最深的日出,反复出现在我童年的梦境里——我一个人抑或是我的影子站在地球边缘,身后冉冉升起八九个巨大的金红色星球,离我最近的一个几乎布满了整个天空,触手可及,极壮丽,也极其恐怖。

八小时之前,北京时间凌晨五点,我和你父亲在千年纸乡泽雅,也目睹了新年的第一个日出,如果也用一个词形容它,我想用"端庄"二字,这也是我对泽雅的印象。

位于温州瓯海西部的泽雅,俗称"西雁荡山"。某个普通的山顶上，某个普通的两层小楼里，我醒来睁开眼睛，第一眼看到你父亲默默站在木窗边的三脚架前，眯着左眼将整个脸贴在镜头前观察日出。第二眼便看到两扇木窗外，彤云漫天，仿佛一群巨大的红鸟向着同一个方向俯冲，又像无数人高擎着火把在无声聚拢，却听得见呐喊、高歌、战鼓雷动，我童年梦境中巨大的金红色星球正在奋力突围，欲喷薄而出。

与之相反，泽雅的群山正一层层从木窗前慢慢铺向远方，像水墨画里渐行渐远的行者，遁入亘古的苍茫。当太阳终于突出彤云的重围一跃而出，从身上卸下金色盔甲般"哗"地向山川洒下亿万道金光时，我的内心狂奔而过亿万匹金色野马，耳边呼啸而过亿万种交响乐的轰鸣，而金光普照下的泽雅像是不为所动，淡定依然。

不，等等。几分钟后，彤云便已散尽，天上的云、地上的山峦、雾岚、树影、清风、鸟鸣……如太极图般流转，变幻，渗透，融合，在我长久的凝视里，成为水晶球般浑然的一个整体，渐渐呈现它能呈现的所有色彩——荼白、竹青、绯红、月白、石青、紫檀、霜色、黛绿、胭脂、藕荷、豆绿、宝蓝、秋香、玄色、牙色、黄栌、靛蓝、明黄、朱砂、石绿……所有的色彩都自觉地融化在一种极祥和的光里，我想称它为"雪芽色"——初雪中萌发的第一朵新绿——霽时天地如新。这是人类某个公元年的第一个清晨，宇宙无涯时空里的一瞬，正如古人所云"日出天地正，煌煌辟晨曦"，多么短暂，却多么美好，像一个少女，气血充盈，心无旁骛，仪态万方，平和安宁，让我想起一个词"端庄"。

是的，端庄，一个女子最美的姿态。

阿沁，如果我早来二十多年，也许会为你起名"泽雅"，泽为水，雅为美，"泽雅"，是我见过的最美的地名之一。其实，它原名"寨下"，"泽雅"是"寨下"温州话的译音。其实，我也从未叫过你"阿沁"，现在这么叫，是因为温州人都喜欢这么叫，叫父亲阿爸，叫孩子阿桑阿海阿雨等等，即使他们已经年长。温州是我的第二故乡，我一出生便被你外公外婆带到平阳度过了大半个童年，我小时候他们都叫我阿沧阿桑，我觉得特别亲。

但我从未来过泽雅。千百年来，以山为生的泽雅山民寓居于飞瀑、静潭、涌泉、急湍之岸，穿行于睡俑、仙人眉、鹰栖峰、摇摆岩、蘑菇岩、清凤洞、老虎洞之间，留下了水碓、水车、石屋、石墙、寺庙、村落等丰富的人文景观，与其原始野韵构成了一幅独特的浙南山水画卷，至今保留着牛耕、舂米、磨麦、做豆腐、捣年糕、贴春联等农家生活方式。当然，最有名的是独有的"纸山文化"。泽雅屏纸制作技艺被誉为中国古法造纸的"活化石"，从宋代至今已传承千年，曾经是泽雅百分之九十八的家庭生计所在。每当天气晴朗，泽雅的山山水水间晒满了金黄色的竹纸，整个山区犹如披上黄金甲，泽雅就成了一座"纸山"。

此时，竹林与溪流交汇处，依稀传来四连碓"咿—呀—

咚——"的声音。自汉朝起,南方北方,几乎所有有水的村庄都会有这样的水碓声,加工粮食,碾纸浆,捣药,捣香料矿石,夜深人静,水碓房的油灯下仍然晃动着一个个劳作的身影。而一千多年来,泽雅的水碓多达270多座,有二连碓、三连碓甚至四连碓,主要用来捣竹浆造纸。到上世纪80年代,造纸工艺开始多元,泽雅手工造纸业渐渐边缘化。新世纪后,年轻一代纷纷外出务工创业,延续千年的泽雅造纸从事者多为中老年人。近几年来,因造纸对环境污染日趋严重,人们忍痛割爱,果断将造纸业停了。

　　此时,水碓房里席地坐着一位白发老人,溪水在长满青苔的水轮间跳跃,水珠在阳光下叮咚作响,水碓轻捣着石臼里的竹片,发出"咿—呀—咚——"的声音,山谷里回荡着无限诗情画意。然而它只是展示,不是生产,当工具成为景致,山水回归天然,这也是一种文明的进步吧。

　　在纸山博物馆,一个投影仪将一本米黄色的古书投在白墙上,我靠上去,便被笼罩进了虚幻的书页里,一点一捺一横一竖,虚线实线,在光影里不断变幻着最美的中国文字。阿沁,如果我给万里之外的你写信,就应该用那种米黄色的书写纸,用纸乡千年流水磨的墨,那么,寄到你就读的伦敦大学学院时,你就也能闻到千年纸乡的味道了,就能触摸到泽雅的一点点美好了,这一点点美好,只是我在泽雅感受到的其中之一,而它的每一点点美好,都来之不易。众所周知,温州是一片火热之地,有多少风云际会，就有多少热闹喧嚣，而泽雅如此清凉。我觉得，这不仅是泽雅的性格，也是温州性格的另一面，也是我们民族性格的另一面。面对困境，不张牙舞爪，不怨天尤人，而是默默寻求生机，如同溪流在断崖乱石间艰难探路，而不堕落成山洪，这也是一种端庄。

四季端庄，所以四时有序；大地端庄，所以大地无言。风雨雷电呢，树木花草鱼虫鸟兽呢，它们循着自然法则，环环相扣，信守契约，维护着大自然的大端庄。细想，天地间只有"人"这一种动物，会逆了大自然的气血，会佻达，易狂躁，会出言不逊，出手暴虐，好在人拥有最高智慧，只要愿意，是可以做到"你要控制你自己"的。

阿沁，你在冰岛用手遮着额头看日出时，你颔首看冰浪时，我们一行八人正穿过溪流，站在泽雅庙前村石板桥边的一棵七寄树前。泽雅的午后比清晨更加安静，仿佛听得见阳光落在溪水里的脆响，不多不少大概十来个当地人，有老人，更多的是壮年人，也有几个年轻人，在溪边洗游客们午餐用过的碗，或骑车出门，或走在路上，或在屋前聊天，小卖部一部很小的电视机里传来电视剧的对白。那是一棵500多岁的红豆杉，因树上寄生有桂、枫、杨、栎、榆、漆、松等七种树木而得名。我的小学同学菊飞，她曾在泽雅一个山沟里教了多年书，她的好友彩琴是地道的温州人，生过一场大病，比我更痴迷文学，站在泽雅庙后村台湾著名作家琦君的纪念馆，读着"一生爱好是天然"时，她的眼里泪光闪烁。此时，她们一起教我盘一个简单易学的发髻。

和大多温州女人一样，她们精明能干，也精致讲究，举手投足都散发着优雅的意味——像天鹅——脚蹼一直在水下拼命划水，水上的姿态永远保持优雅。和我的很多温州朋友一样，除了奋力打拼，也很会享受生活，他们常常几家人结伴出游，远至南北极，近如庙后村、头陀寺、梅雨潭、楠溪江、雁荡山，找好吃的，看好看的，她们推荐的猪头肉令你爷爷奶奶啧啧称赞。他们也结伴去读书会，去喝茶听古琴，打球爬山，或静静窝在家里写诗写小说，而且写得很棒。喝酒时，高脚杯也好粗花碗也罢，一样能痛快尽兴，阿雨阿桑地叫，偷偷抢着去买单。

当我学着她们的样子，左手挽起发髻，右手将发尾从发圈里轻轻勾出来时，我在水面倒影里看到了一个女孩：她穿一身宽松的米色羽绒服，微含着下巴，脚尖和脚跟稍用力，一步一步稳稳地走过溪流上的一个个石汀，像是将它们一个个按回水里。我看不见她的眼睛，但从她的姿态里，确定她没有看手机，也没有四处张望，只是专注地走着路，是现在很多女孩消失了的一种步态和神情。我常在各种公众场所听到年轻女孩们大声聊天，手舞足蹈，很频繁地冒出粗话以表达语气。一个比你更年轻的女孩告诉我，如果不这么说话，同龄人会觉得她很"装"。

我也常"差点笑死"在抖音里，也会偶尔骂一句"神经病"觉得很爽，让压力山大的年轻人哈哈一笑解烦忧何尝不可？但我仍然认为，不雅的语言不应成为一个女孩的日常，不雅的姿态不应成为一个女孩人生路上的常态，尤其当她们成了母亲。端庄，与拥有笃定的、有趣的灵魂并不矛盾。

此时，零点又快到了，泽雅山顶的篝火早已熄灭。昨晚此时，我们一行八人和一群陌生的当地人，围着篝火唱歌跳舞恣意狂欢。我在你父亲的镜头里，看到了被定格的某一个瞬间——人们突然变得很安静，围着篝火或站或坐，等候着什么，祈祷着什么。火光映在他们苍老或幼嫩的脸上，每一双眸子都在闪闪发亮，每一个人都在熠熠发光。对即将到来的"年"的敬畏，如此朴素，让每一个人看上去如此超凡脱俗。

阿沁，人们静静过日子的样子，静静看篝火的样子，你和同学们一起静静看日出的样子，都是我喜欢的样子。就像泽雅日出的样子，我的理想世界每一天该有的样子。